中國古典文學基本叢書

秦觀詞箋注

〔宋〕秦　觀　撰
楊世明箋注

中　華　書　局

圖書在版編目(CIP)數據

秦觀詞箋注/(宋)秦觀撰;楊世明箋注. —北京:中華書局,2021.6(2025.5 重印)
(中國古典文學基本叢書)
ISBN 978-7-101-15223-4

Ⅰ.秦… Ⅱ.①秦…②楊… Ⅲ.宋詞-注釋
Ⅳ.I222.844

中國版本圖書館 CIP 數據核字(2021)第 099540 號

責任編輯:許慶江
責任印製:管 斌

中國古典文學基本叢書
秦觀詞箋注
〔宋〕秦 觀 撰
楊世明 箋注
*
中 華 書 局 出 版 發 行
(北京市豐臺區太平橋西里 38 號 100073)
http://www.zhbc.com.cn
E-mail:zhbc@zhbc.com.cn
三河市宏盛印務有限公司印刷
*
850×1168 毫米 1/32 · 8 印張 · 2 插頁 · 160 千字
2021 年 6 月第 1 版 2025 年 5 月第 3 次印刷
印數:5501-6500 冊 定價:38.00 元

ISBN 978-7-101-15223-4

目録

淮海居士長短句中

淮海居士長短句下

補遺

附録

前言

秦觀是北宋後期文學家。受知于蘇軾，爲「蘇門四學士」及「蘇門六君子」之一。其詩、文、詞均有名。尤以詞顯，是北宋婉約詞大家，有《淮海居士長短句》（又稱《淮海詞》、《淮海琴趣》）三卷。

一

秦觀（一〇四九—一一〇〇），字太虛，後改字少游，别號邗溝居士，高郵人。出身中小官僚家庭。祖父曾作官南康。叔父秦定做過會稽尉、江南東路轉運判官、知濠州。秦觀十五歲亡父，與母親戚氏隨祖父、叔父在大家庭中生活。十九歲時，他與同邑徐成甫的大女兒徐文美結婚。在他二十七歲時，岳父母亦同時過世。他這個聚族而居的大家庭，「敝廬數間，足以避風雨，薄田百畝，雖不能盡充饘粥絲麻，若無横事，亦可得十七。」〔一〕算是個小康之家。可是有時遇上荒年及疾病，就會「聚族四十口，食不足」〔二〕。他甚至没有書，要索借於親戚，這很有一點家道中落的光景。在這種情况下，他自然只能走「爲養而求仕」的道路。

可是秦觀在科舉中也很不順利。他雖然從小就熟讀《論》《孟》，文章寫得很好，熙、豐間試進士却多次不中。熙寧末，他對當時海内文宗蘇軾，十分傾倒，乃拜謁于彭城。時蘇軾治好徐州水患，修築黄樓，秦觀爲寫《黄樓賦》，蘇軾看後，誇他「有屈、宋才」〔三〕。元豐二年他去會稽探望祖父、叔父，恰逢蘇軾徙知湖州，乃同行至吴興。沿途覽勝賦詩，相得甚歡。他到會稽，受到程師孟隆重招待，寫了不少詩文，大露頭角。這時新黨當政，蘇軾因反對王安石變法，坐烏臺詩案，下詔獄，未幾貶黄州。秦觀聞訊，親至吴興探聽，又去信黄州問候。他景仰和信任蘇軾，視之爲師友，關心備至，不避安危，聲氣相投，如影隨形。他同蘇軾從此結下生死之誼，其一生悲劇命運亦由此鑄定。元豐三年，蘇軾在黄州來信，勸他「勉强科舉」，並要他多寫詩文策論，當爲之延譽，但勸他勿涉時事。元豐五年，再應試，不中。七年，蘇軾由黄州授汝州團練副使，過金陵見王安石，向王推薦秦觀，希望王「少借齒牙，使增重於世」〔四〕。王安石看了秦觀詩文，也極爲讚賞，回書譽爲「清新嫵麗，與鮑、謝似之」〔五〕。可是秦觀「淹留場屋幾二十年」〔六〕，此時鋭氣大減，改而羡馬少游之爲人：「但取衣食裁足，乘下澤車，馭款段馬，爲郡掾吏，守墳墓鄉里，稱善人，斯可矣！」於是乃改字少游。元豐八年，他意外地考中了進士，這大概與蘇軾在王安石處的薦舉有關。奮鬥多年，幾至心力交瘁，終於達到目的，躋身仕途，雖堪欣慰，但是他的雄心壯志已銷磨殆盡了。

中進士後，秦觀除官定海主簿，調蔡州教授。這年神宗亡，年幼的哲宗繼位，高太后攝政，廢除新法，一切復舊，這就是所謂的「元祐更化」。新黨被紛紛驅逐出朝，舊黨捲土重來。蘇軾也被召入京。一切換了個樣，秦觀以爲很快會得到擢升，可是事與願違。保守派内部這時也開始各立門户，有程頤爲首的洛黨，二蘇、吕陶等蜀黨，劉摯、王巖叟等朔黨。其中洛、蜀兩黨思想距離較大。洛黨多道學家，在政治上屬於舊黨中右翼。蜀黨多文學家，政治上偏見較少，如蘇軾在王安石死後草擬的贈太傅敕，對王頗爲嘉許，吕陶對元祐初盡廢王氏新學的「隨時俯仰」的作法也深表不滿，這都表明他們在舊黨中態度比較開明。這是兩個集團産生分歧的重要原因。秦觀爲蘇門一客，被目爲蜀黨，因而一再遭到洛黨人物的排斥。元祐二年，蘇軾、鮮于侁薦他應賢良文學，次年進京，大受物議，幾至仕籍不保，虧執政范純仁相援，得以病免，仍歸蔡州。元祐四年，范純仁又薦他充館職，次年乃得進京爲秘書省校對黄本書籍。元祐六年，御史中丞趙君錫以秦觀有文學才，上章推薦，被命爲秘書省正字。未幾，程頤門人侍御史賈易上章言秦觀「刻薄無行，不可侮辱文館」，趙君錫接着自責推薦不實。事未公佈，時蘇轍爲尚書右丞，得知後告知乃兄。蘇軾知出於洛黨攻擊，意勸秦觀上表辭職。觀聞之大爲憤慨，連夜詣趙君錫，請趙劾賈遺行。結果趙、賈聯合劾奏蘇轍泄露機密，罵轍「厚貌深情，險於山川；詖言殄行，甚於蛇豕。」又劾蘇軾在神宗死後作詩有「山寺歸來聞好語」之句，無人臣禮。雙方交章對訐，事情越鬧越大〔七〕。八月，秦觀被免去正字，仍校對黄本書籍。蘇軾亦再次離朝。元祐八年五月，秦觀再次被升爲正字。七月充編修官，參與修《神宗實録》。這時董敦逸、黄慶基又進狀劾蘇軾兄弟「援引黨與，分佈權要」。事涉張耒、晁補之、秦觀，詆觀「素號狷薄」。可是這場争吵尚未平息，高太后亡，哲宗親政，新黨抬頭，舊黨再度失勢。秦觀也受到更大的打擊。

紹聖初，秦觀最先被改爲館閣校勘，出爲杭州通判。未幾御史劉拯言秦觀與黄庭堅重修《神宗實録》，竄易增減，誣毁先烈，秦途中被貶爲監處州酒税。他在處州三年，「使者承風望指，候伺過失」〔八〕，卒無所得，乃以謁告寫佛書，再貶郴州。郴州僻遠，他留下老母、妻、子於浙西，隻身赴貶所。紹聖四年又編管横州。兩年後再徙雷州。他像蘇軾一樣，愈謫愈遠，真是到了天涯海角。他舉目無親，灰心絶望，自分不久人世，因在元符三年自作挽詩。中曰：「嬰釁徙窮荒，茹哀與世辭。官來録我櫜，吏來檢我屍。藤束木皮棺，藁葬路旁陂。家鄉在萬里，妻子天一涯。孤魂不敢歸，惴惴猶在兹。」他哀傷自己死後像罪犯一樣，要被驗屍，然後藁葬異鄉，連魂魄都不敢東歸與親人會面，其心情的慘痛可知。

這年没料得到赦令，謫臣紛紛北歸，他與蘇軾乃在海康相會。七月他啓行北上，八月到了藤州，身體愈益衰劣。一次在光化亭飲酒，突然不支，左右忙進水漿，他看着水含笑死去。臨行時他寫《和淵明歸去來辭》，還切盼「及我家於中途，兒女欣而牽衣」，可是中途徂謝，終於未能與家人團聚，臨死時其内心痛苦可以想見。他這不幸的人生只度過了五十二個春秋。蘇軾聞耗，歸途中「兩日爲之食不下」〔九〕，悲歎道：「哀哉，痛哉，世豈復有斯人乎！」〔一〇〕第二年蘇軾也死於常州。

縱觀秦觀一生，大致經歷了三個階段。元豐八年以前是學習、求仕階段。這一時期，除勤奮於學外，交遊甚廣，眼界較寬，胸有大志。嘗自謂「功譽可力致而天下無難事，顧今二虜有可勝之勢，願效至計以行天誅，回幽夏之故墟，弔唐晋之遺人，流聲無窮，爲計不朽」〔一一〕。説明他關心國事，頗有雄心壯志。可是求仕中屢遭挫折，久困場屋，又使他灰心喪氣。結交蘇軾是這期間的大事，決定了他一生的道路和命運。元祐間求仕階段。這前後近十年的官場生活，對他來説太短促了，所以他比之爲「十年一覺揚州夢」。可是短促的十年中，也歡愉無多；相反，還多次受到打擊、排擠；政治上的抱負更談不上了。紹聖以後爲貶謫時期。政治上失勢，隨時受人監視、揭發，加之貧病交迫，轉徙流離，使他鬱鬱寡歡，造成了他的早死。總之，熙、豐間他因思想傾向保守，不能適應當時變法的潮流，遲遲不得登用；元祐中跟隨蜀黨，受到舊黨中頑固派排斥；紹聖後又被視爲舊黨，鉤連南遷。他的一生從未得意。明瞭於此，我們對其詞淒婉情調産生的原因，就能有比較中肯的理解。

秦觀的思想與蘇軾相近，雜有儒、釋、道三家的影響。他主張社稷之臣應該「忠足以竭才性之分；敏足以應事物之變。苟利社稷則遂事矯制，雖君有所不從；苟害社稷則伏節死誼，雖身有所不顧。」〔一二〕他讚美汲黯爲豪傑之士；稱羨李泌的預見和智謀。而認爲韋玄成只能議論宗廟祭祀，不知諫止元帝侈張宫室宴享之事，只不過是個腐儒；只知遠權勢以自安，不能以直道事君的張安世也只能算是一位「具臣」。這些觀點，都説明他接受了儒家以社稷爲重的積極用世思想，而頭腦並不迂腐。可是他也有道家、佛家的消極、虚無思想。他五十歲寫的《反初》詩説：「昔年淮海末，邂逅安期生。謂我有靈骨，法當遊太清。」可見青年時代就熱衷道家方士之言。又好與浮屠遊，蘇軾説他「通曉佛書」〔一三〕。特别是當他久處逆境，佛道思想更成爲他精神世界的支撑的柱石。他死前不久曾哀歎「封侯已絶念，仙事亦難期」〔一四〕，很能説明他一生的思想矛盾。他詞中某些複雜的情緒是與此有關的。

在政治上他實際很有大志，熱心報國，追求功名，可惜生不逢時。入仕時恰逢變法，他却傾向於保守，自是處處碰壁。但他絶不投機，絶不逢迎，寧折不彎，這種態度充分顯示他的高潔。他被納入蘇門，應該是心氣相投。在改革方面，他比較求實，多調和之論。元祐初他曾寫策論三十篇，其中對熙寧變法頗有肯定，認爲這是「以猛政救緩勢之術」，而元豐之後則大壞，因而元祐更張爲必須。又以爲差役法果有弊病，實行免役法是事出有因，但爲弊更甚。他主張取兩法之長更立「元祐役法」，則新、舊兩黨都會默然心服。在科舉方面，他認爲熙寧重經術，元祐復詩賦，都各有利弊，宜以文詞、經術、德行各自爲科，於是豪俊之士就能各盡其才了。他這些觀點，與蘇軾比較相近，可以説明他終身追隨蘇軾的一方面原因；也説明他在黨争中態度比較客觀，成見較少。但這當然會被兩派視爲模棱兩可，因而同時受到兩方面的排斥。他一生仕途坎坷，連遭打擊，最根本的原因就在於此。他在詞中追求的那種没有矛盾的「桃源」，始終没有找到。

二

秦觀的詞據宋刊本有七十七首。其中《浣溪沙》（脚上鞋兒四寸羅）、《滿江紅》（北苑研膏），基本可定爲山谷詞。除去這混入的二首，加上集外可定爲秦作的詞，總數不過八十首左右。這個數字不能算多。毛子晋説「少游性不耐聚稿」[一五]有一定道理，推想秦詞原作當不止此數。

秦觀存下的詞不僅數量少，題材内容不算豐富，情調也較低沉。其中元豐初寫的《雨中花》描寫了幻想仙境的神妙奇美，《望海潮》（秦峰蒼翠）詠會稽古跡，吊古感懷，境界都比較開闊，頗近蘇詞。其餘則往往抒寫男女戀情，别離相思，春恨秋悲，念舊歎老。比之「花間」「尊前」的剪紅刻翠，娱賓遣興，顯然有所突破，有所改造，有所創新。

秦詞情緒較低沉，這同他政治上恒遭打擊，不得顯達有關，也同他思想上受佛、道消極影響有關，這一點略如上述。關於其詞十之九不離艷情，當然主要是由於他接受了「詞爲艷科」「詩莊詞媚」的傳統觀點，但同他的生活作風也不能説没有關係。

秦觀爲人直爽，略無城府，生活上不拘小節，年青時就常受人指責，這就是他自己説的：「觀也本諸生，早與世參商。方枘不量鑿，交親指爲狂。」〔一六〕這裏面，好遊狎邪，大概也是「狂」的一個方面。從詩話、詞話、筆記上看，説他鍾情倡女的事不止一起。《王直方詩話》云：「參寥言舊有一詩寄少游。少游和云：『樓閣過朝雨，參差動霽光。衣冠分禁路，雲氣繞宫墻。亂絮迷春闊，煙花困日長。平康何處是？十里帶垂楊。』孫莘老讀此詩至末句，云：『這小子又賤相發也。』少游後編《淮海集》，遂改云『經旬牽酒伴，猶未獻長楊。』」王直方爲秦觀同時人而年稍次，其説當不虚。孫覺與參寥均爲少游最早結識的友人，對他自然很瞭解。此處説他「賤相發也」，就是不滿他好遊平康，而且樂道於詩。又山谷詩有《次韻孫子實寄少游》，中曰：「才難不易得，志大略細謹。」任淵注云：「少游嘗教授蔡州，顧官妓婁婉及陶心兒者，詞中往往寄意。《王立之詩話》：『秦少儀云：少游極怨山谷此句，謂言蔡州事少人知者，魯直詩語重，人既見此語，遂使吹毛耳。』」可見秦觀戀妓，確是事實。而這種狎邪生活一般是忌諱入詩的，因而他當然要在詞中來表現它。

不過，秦觀的詞雖然在題材内容上没有完全衝破「花間」「尊前」的樊籬，在思想深度上却有了發展。他把過去主要用來「娱賓而遣興」的艷情題材，用來抒寫自己的真情實感，歌詠男女愛情和婚姻問題。這就使這些詞帶有一定嚴肅的社會意義，具有了較舊詞高明的思想性，因而也就比較有價值。秦詞在艷情題材上的新發展主要有以下幾點：

第一，秦詞讚美純潔久長的愛情，强調心靈的相通和感情的真摯。它以愛情取代了舊詞中充斥的色情，這無異於在艷情詞中作了一次净化。如：

> 兩情若是久長時，又豈在朝朝暮暮。（《鵲橋仙》）
>
> 黛蛾長斂，任是春風吹不展。因倚危樓，過盡飛鴻字字愁。（《减字木蘭花》）

這裏令人感受到的顯然是純潔、深厚的愛情，而没有調戲與猥褻。

第二，秦詞還贊賞自由相愛，表現這種愛戀的執著和婚姻的幸福。《調笑令十首》中的《無雙》《煙中怨》《離魂記》，分别歌詠了劉無雙與王仙客、阿溪與謝生、張倩娘與王宙的自由結合的故事。這些故事廣泛流行於民間，反映了人民對包辦婚姻的不滿，對封建婚姻制度有一定批判意義。秦詞描寫此類主題，説明他與下層人民有廣泛接觸，接受了他們民主思想的影響。這些詞應該説是具有積極的社會意義的。

第三，秦詞中的女性，多是青樓倡女，是社會上被侮辱、被損害的人物。這一點同舊的艷情詞並無二致，可是在對待這些人物的態度上却大有不同。舊詞裏的這類女人往往被寫成是賣笑追歡、送舊迎新、自甘墮落的蕩婦，好像社會的道德淪喪、傷風敗俗，都應歸咎於她們。而實際上，娼妓本來是封建制度畸形社會的産物，是滿足男性腐化享樂而滋生的。就娼妓本身來説，她們是被迫的，是痛苦的。那種把妓女的病態生活加以美化的描寫，不僅歪曲了娼妓，而且起着掩飾封建制度戕害婦女的罪惡的作用。秦詞高明之處就在於，它所寫的這些不幸女性，都一樣追求真誠的愛，嚮往自由健康而幸福的生活。《調笑令》中的盼盼、灼灼就是這種多情的女性，她們忠於愛情同良家女没有什麽不同。其他如：

紅粉脆痕，青箋嫩約，丁寧莫遣人知。成病也因誰。更自言秋杪，親去無疑。但

恐生時注著，合有分于飛。（《望海潮》）

想應妙舞清歌罷，又還對、秋色嗟咨。惟有畫樓，當時明月，兩處照相思。（《一叢花》）

肯如薄幸五更風，不解與、花爲主。（《一落索》）

都反映了她們愛情的真摯，而没有「水性楊花」之態。秦觀留連青樓當然也是一種病態生活，但他能擺脱一般士大夫的偏見，以平等的態度來對待她們，並寫出她們嚮往真摯的愛情，這顯然是可貴的。這同他的身世遭遇大有關係。

第四，秦詞雖然十九艷情，主要寫他的愛情生活，但往往把自己政治上的失意滲透進去，這也就是周濟説的「將身世之感，打併入艷情」〔一七〕的寫法。這固然增添了詞的感傷情緒，但却使詞的内容更加豐富和深厚，使其題材單調的弱點得到彌補。這些内容有時寫得比較明白，如：

名韁利鎖，天還知道，和天也瘦。（《水龍吟》）

殢酒困花，十載因誰淹留。（《夢揚州》）

到如今，誰把雕鞍鎖定，阻遊人來往。（《鼓笛慢》）

天涯舊恨，獨自淒涼人不問。欲見回腸，斷盡金爐小篆香。（《減字木蘭花》）

這裏面身世之感是明顯的。它使人感到宦海險惡，反不如在情人那裏能得到安慰。

由於以上幾個方面的内容，可以説，秦詞與前代的婉約詞家相比，進一步把詞從娱賓遣興的地位提高到寄慨身世、抒發真實感情的階段，是很有功勞的。聞一多先生把張若虚的《春江花月夜》比爲宫體詩的自贖，秦觀的艷情詞有相似的情形，它似乎可以説是「花間」「尊前」的自贖了。它對後人的啓迪作用，是不應抹煞的。

秦觀還有幾首詞是描寫羈旅行役的。這些詞通過描繪淒涼的景色，襯托出他遭受貶謫時孤寂痛苦的心境，反映了封建社會政治環境的險惡和當權者的兇殘無耻，讓我們對秦觀這樣正直的知識份子産生同情和敬仰。

秦詞有的感傷情緒較重。大致來説，元豐以前的詞比較開朗，感傷色彩較輕。元祐及紹聖初則顯得淒婉。貶謫階段的詞「則變而淒厲矣」。〔一八〕

這種低沉的情緒，是秦詞的特點。他這也是一種不平之鳴，是對那種齷齪黑暗勢力的控訴。

三

秦詞藝術上深有造詣，在北宋詞壇上地位很高。他與黄庭堅並稱「秦七黄九」，推爲當代詞手，而且人們公認黄不逮秦。他是婉約派大家，與柳永並稱「秦柳」，又與周邦彦並稱「周秦」。馮煦甚至認爲他是李後主以後成就最高的一人。向來論北宋詞，往往以蘇軾爲豪放派代表，而以秦觀爲婉約派巨擘。這些評價，説明秦詞在藝術上確有其獨造佳境。

秦詞雖然數量不多，風格却並不統一。大致可分爲兩類，一爲俗詞，一爲雅詞。這一特點，在北宋很多詞人的作品中都存在。

秦詞中的俗詞，如《滿園花》《迎春樂》《一落索》《醜奴兒》《南鄉子》《河傳》《浣溪沙》《調笑令》等都是。這些詞在内容上幾乎都是寫狎邪生活的。在情緒上一般比較開朗，大致是早期的作品。在語言上，多用俗語，如「攔就」「軟頑」「羅皂醜」「收了孛羅、罷了從來斗」「香香深處」「抵死」「閼損」等。體制上多爲令詞，篇幅短小，風格上接近民間詞曲，明快活潑，通俗詼諧，可以看到柳永詞風的一些影響。可是有的流於淺率，有的不免浮滑，其中佳作不多。陳廷焯説「少游名作甚多，而俚詞亦不少，去取不可不慎」〔一九〕，所謂「俚詞」即指此類。

秦觀詞中文學成就最高的是那些雅詞。葉夢得説秦詞「語工而入律，知樂者謂之作家歌」〔二〇〕，指的就是這些雅詞。關於這些詞的風格，前人評述不盡相同，如有的贊爲「奇麗」〔二一〕，有的又賞爲「俊逸精妙」〔二二〕，有的稱其「清麗淡雅」〔二三〕，有的評之「清遠」〔二四〕，有的許爲「清華」〔二五〕，有的則譽爲「清麗婉約，辭情相稱」〔二六〕。但是看得出來，這些評語都指出了秦詞之清麗特色，是合乎事實的。我想，其風格似可以用四字概括，即：柔婉清麗。

柔婉清麗，不用説是屬於婉約的詞風，可是它又具有一定個性。「柔婉」既指其含蓄蘊藉，又指其纏綿悱惻。它有別於健爽，也不同于幽雅。「清麗」是同濃艷相對的，也有別於古樸。它有平易的風度，又有脱俗的姿態，張耒説「秦文倩麗舒桃李」〔二七〕。敖陶孫評他的詩如「時女步春，終傷婉若」〔二八〕。況周頤説他的詞像「初日芙蓉，曉風楊柳」〔二九〕，這些形容都能説明他詞風上柔婉清麗的特點。如果我們再做進一步的分析，就會發現其詞風具有如下特色。

第一，擅長描繪淒迷感傷的意境。王國維認爲「詞以境界爲最上」，又説秦詞「可堪孤館閉春寒，杜鵑聲裏斜陽暮」是「有我之境」〔三〇〕，其實秦詞中此類境界較多。他最善於捕捉那些迷茫淒涼的景象，加以渲染描寫，注入念遠傷懷的强烈主觀情感，做到景中含情，渾然一體，從而形成一種淒迷感傷的意境，顯得韻味深長，留有不盡之意，耐人玩味。如：

賣花聲過盡，斜陽院落，紅成陣，飛鴛甃。（《水龍吟》）

斜日半山，暝煙兩岸，數聲橫笛，一葉扁舟。（《風流子》）

開尊待月，掩箔披風，依然燈火揚州。（《長相思》）

斜陽外，寒鴉萬點，流水繞孤村。（《滿庭芳》）

洞房人靜，斜月照徘徊。又是重陽近也，幾處處砧杵聲催。（《滿庭芳》）

夕陽流水，紅滿淚痕中。（《臨江仙》）

這些景色，最愛用斜陽、月色、流水同各種淒苦的聲音配合，交織成一些動人的鏡頭，不僅有很强的畫面感，而且有很深的感染力。它的確能做到「咀嚼無滓，久而知味。」[三]而這，也就是「柔婉清麗」的一個特色。讀了這些詞句，會令人聯想到柳永的「關河冷落，殘照當樓」「今宵酒醒何處，楊柳岸曉風殘月」，兩者確有異曲同工之妙。從這裏可以看到他是受到柳詞影響的。

第二，善用比興。秦詞不僅善於在詞中描繪景色，創造動人的境界，來烘托和加深詞中的感慨，而且還善於使用生動、形象的比喻和擬人來描繪這些抽象的感情，使之得到强化和具體化，從而給人突出深刻的印象。如：

倚危亭，恨如芳草，凄凄剗盡還生。（《八六子》）

便做春江都是淚，流不盡，許多愁。（《江城子》）

柔情似水，佳期如夢。（《鵲橋仙》）

春去也，飛紅萬點愁如海。（《千秋歲》）

郴江幸自繞郴山，爲誰流下瀟湘去。（《踏莎行》）

這裏，由於不假直説而借助比興，就更顯得含蓄委婉，餘情不盡。

第三，柔婉清麗的語言。秦觀是很善於使用語言的，這是他的詞在藝術上取得成功的一個重要原因。其中又有這幾方面特點：

一、語言典雅平易，精麗而自然，沉著而似絶不用力，在平淡中見功夫，顯得清麗深厚。如：

柳下桃蹊，亂分春色到人家。（《望海潮》）

山抹微雲，天連衰草。（《滿庭芳》）

前人對這裏的「分」字、「抹」字，都十分讚賞。細味詞句，的確深感奇妙。可是作者下字却似乎毫不費力，這尤其難得。

二、用典少，偶或用之，往往也溶化無滓，視如己出。這仍是清麗的特色，在通俗中寓深意。如：

花影亂，鶯聲碎。（《千秋歲》）

衡陽猶有雁傳書，郴陽和雁無。（《阮郎歸》）

新聲含盡古今情。曲中人不見，江上數峰青。（《臨江仙》）

這裏有化用，有暗用，有借用，但都用得天衣無縫，不顯堆垛。

三、措語用詞，往往選用輕、細、微、軟的字眼，同詞中描寫的情、愁、思、戀，互相協調，因而能給人纖柔、委婉、纏綿、含蓄的感受。如：

破暖輕風，弄晴微雨，欲無還有。（《水龍吟》）

夜月一簾幽夢，春風十里柔情。（《八六子》）

東風裏，朱門映柳，低按小秦箏。（《滿庭芳》）

輕寒細雨情何限，不道春難管。（《虞美人》）

風是輕的，雨是微的，夢是幽的，連秦箏也是小的，而且是低按。這自然同那種百無聊賴的閒愁暗恨和思婦懷人的纏綣情絲非常投合。因而這種語言在用來寫艷情，抒感慨，尤爲適合。

以上幾個方面，再加上多用慢詞，善於鋪叙，韻律諧和，運筆周密，使秦詞富有很高的藝術造詣，形成了獨有的柔婉清麗的風格。

秦詞的這種風格的形成，主要决定於個人的身世、思想和文學修養，但同前人的影響也不無關係。他吸收了温飛卿的細貼、含蓄，然而不似温的濃艷，脂粉氣略少。他接受了韋莊的清麗，却較之更爲深曲、委婉。他受李煜的影響最大，某些句子很相似，如「便做春江都是淚，流不盡，許多愁」「飲散落花流水各西東」「恨如芳草，淒淒剗盡還生」等。秦的《河傳》（恨眉醉眼）也最像李的《菩薩蠻》（花明月暗籠輕霧），描寫幽會都很輕佻露骨。但李詞悲凉，秦詞淒婉；李多用令詞，常用寫意手法，即王國維説的「粗服亂頭」，而秦詞還深受柳詞的影響，那些俗詞不用説了，就是這些雅詞裏面也還有「香囊暗解，羅帶輕分」這類俚語的句子，以至爲東坡所譏。但他也學到了柳詞善鋪叙、烘托，平易深厚的長處。他以艷情題材來抒寫情懷，寄慨身世，也是沿着李煜、柳永的路子走來的。總之，秦觀詞是既有繼承，也有創造，由於兼師衆長，終能自成一家。他是北宋詞中有數的幾個大家之一。首先是他在傳統題材的範圍内，使愛情的主題有了深化，表現了真摯的感情，使其具有一定的社會意義。他還以詞寄慨身世，抒寫情懷，這進一步把詞由娛賓遣興的工具改造成能反映一定生活内容的文學樣式。其次是他進一步使用慢詞，使詞體更趨完善。宋翔鳳説：「詞自南唐以後，但有小令。其慢詞蓋起宋仁宗朝，中原息兵，汴京繁庶，歌臺舞席，竟賭新聲。耆卿失意無俚，留連坊曲，遂盡收俚俗語言，編入詞中，以便伎人練習，一時動聽，散播四方，其後東坡、少游、山谷輩，相繼有作，慢詞遂盛。」〔三〕可見他在慢詞的發展上也是有貢獻的。第三是他以高超的藝術技巧，進一步發展了婉約詞。特别是他清麗的詞風，啓迪了南宋李清照、陸游、程垓等人。其中李清照成就尤著，不能説没有接受秦觀的影響。所以秦詞藝術上的經驗，值得認真總結。深入研究秦觀的詞，是有必要的。

〔一〕秦觀《淮海集》卷十四《與蘇公先生簡》。

〔二〕同上。

〔三〕脱脱《宋史》卷四百四十四「文苑」六《秦觀傳》。

〔四〕蘇軾《與荆公書》。

〔五〕王安石《回蘇子瞻簡》。

〔六〕《淮海集》卷十四《登第後青詞》。

〔七〕《續資治通鑑長編》卷四百六十二。

〔八〕《宋史》本傳。
〔九〕蘇軾《與歐陽晦夫書》。
〔一〇〕蘇軾《與李之儀書》。
〔一一〕陳師道《秦少游字序》。
〔一二〕《淮海集》卷十一《擬郡學試近世社稷之臣論》。
〔一三〕蘇軾《與荆公書》。
〔一四〕《淮海集》卷一《和淵明歸去來辭》。
〔一五〕毛晋汲古閣《宋六十名家詞》本《淮海詞跋》。
〔一六〕《淮海集》卷二《送劉貢父舍人》。
〔一七〕周濟《宋四家詞選》。
〔一八〕王國維《人間詞話》。
〔一九〕陳廷焯《白雨齋詞話》。
〔二〇〕《避暑録話》卷三。
〔二一〕釋惠洪《冷齋夜話》。
〔二二〕王灼《碧鷄漫志》。
〔二三〕張炎《詞源》。

〔二四〕劉熙載《藝概》。

〔二五〕彭孫遹《詞藻》。

〔二六〕夏敬觀《吷庵手校淮海詞跋》。

〔二七〕張耒《柯山集》卷十《贈李德載二首》之二。

〔二八〕《臞翁詩評》。

〔二九〕況周頤《蕙風詞話》。

〔三〇〕《人間詞話》。

〔三一〕張炎《詞源》。

〔三二〕《樂府詩論》。

凡例

兹書本文以香港龍門書店印行之饒宗頤編校景宋乾道高郵軍學本《淮海居士長短句》三卷爲底本（下簡稱底本）。并以下列各本參校：

明嘉靖張綖鄂州全集本《淮海長短句》三卷（下稱張本）

明鄧章漢本《淮海後集長短句》三卷（下稱鄧本）

明嘉靖乙巳胡民表本《淮海詞》（下稱胡本）

毛晋汲古閣刊本《淮海詞》（下稱毛本）

四庫全書鈔本《淮海詞》（下稱四庫本）

清道光王敬之刊本《淮海詞》一卷（下稱王本）

彊村叢書本《淮海長短句》三卷（下稱彊村本）

龍榆生校訂排印蘇門四學士詞《淮海居士長短句》三卷（下稱龍本）。

又葉恭綽匯合影印宋乾道《淮海居士長短句》，附有《淮海詞經見各本字句異同表》，其中明李之藻刻本、段斐君刻本、黄儀校本、秦元慶刻本，均曾參考宋乾道高郵軍學本《淮海居士長短句》三卷共收詞七十七首，諸本多同。惟毛本有詞八十七首（四庫本同），不分卷，其多出者未知所據，考之多非秦作。今篇目一依底本，毛本多出者未録。

饒宗頤編校之景宋乾道高郵軍學本《淮海居士長短句》附録黄彰健校録汲古閣《詞苑英華》本《少游詩餘》，録詞五十六首，「雖未遽信爲秦氏所作，然溢出《淮海集》之外，足供研究」，今照録於後，以便覽省。

淮海詞舊無繫年。今凡有端緒可尋者，試加考訂，然多數仍不能明，故編次仍依底本之舊，按三卷編排。集外傳疑，各家去取參差，亦難驟定。今僅將拙見所及四首，目曰「補遺」，箋注附録於後。

淮海詞舊來考證、評述頗多。今將具論篇章者立「評説」一目殿各詞之後。而綜論其詞藝詞風得失者，選録書末，以資讀者參考。而選録宗旨，重在啓發品鑑。條目文字悉本原書；其中聞見、故事間有訛異，請自加裁決，恕不考訂。

書末附録秦觀傳記、年譜，俾便研究。

淮海居士長短句上

望海潮（四首）①

星分牛斗〔一〕，疆連淮海〔二〕，揚州萬井提封〔三〕。花發路香〔四〕，鶯啼人起，珠簾十里東風②〔五〕。豪俊氣如虹〔六〕。曳照春金紫〔七〕，飛蓋相從〔八〕。巷入垂楊，畫橋南北翠煙中。追思故國繁雄〔九〕。有迷樓掛斗〔一〇〕，月觀橫空〔一一〕。紋錦製帆〔一二〕，明珠濺雨〔一三〕，寧論爵馬魚龍③〔一四〕。往事逐孤鴻。但亂雲流水，縈帶離宮〔一五〕。最好揮毫萬字，一飲拚千鐘〔一六〕。

【校記】

①［調名］張本、胡本、鄧本、毛本、四庫本、王本、龍本調名下有「廣陵懷古」四字題目。底本無題。

②［珠簾］張本、胡本、鄧本、毛本、四庫本、王本作「朱簾」。［東風］張本、胡本、鄧本、毛本、四庫本、王本作「春風」。　③［爵馬］張本、胡本、鄧本、毛本、四庫本、王本作「雀馬」。

【箋注】

此爲懷古詞，詠廣陵事。元豐三年（一〇八〇）作。《淮海集》卷三十《與李樂天簡》云：「去年如越省親，會主人見留，辭不獲去，又貪此方山水勝絶，故淹留至歲莫耳。非僕本意也。自還家來，比會稽時人事差少。杜門却掃，日以文史自娱。時復扁舟循邗溝而南，以適廣陵。泛九曲池，訪隋氏陳跡，入大明寺，飲蜀井，上平山堂，折歐陽文忠所種柳，而誦其所賦詩，爲之喟然以嘆。遂登摘星寺。寺，迷樓故址也。其地最高，金陵、海門諸山歷歷皆在履下。其覽眺所得，佳處不減會稽望海亭，但制度差小耳。僕每登此，竊心悲而樂之。人生豈有常所，遇而自適，乃長得志也。」所叙與本詞内容頗合。按作者入越在元豐二年（一〇七九），則此詞當爲元豐三年（一〇八〇）遊廣陵所作也。時年三十二歲。廣陵，古縣名，即今江蘇省揚州市。西漢以來嘗爲吴國、江都國、廣陵國、廣陵郡、南兖州、江都郡郡國治所。北宋時爲淮南東路治所。

〔一〕星分牛斗，我國古代將天空星宿分爲十二組，分主下界十二州，謂之分野。斗、牛爲揚州分野。《史記·天官書》張守節正義引《星經》：「南斗、牽牛，吴越之分野，揚州。」此謂揚州上空正當南斗與牽牛星。

〔二〕疆連淮海，謂揚州北至淮河，東南接大海，疆域遼闊。《尚書·禹貢》：「淮海惟揚州。」

〔三〕揚州，州名。歷代所轄屢變，指稱不一。《淮海集》卷三十九《揚州集序》：「稱揚州者，往往指其刺史所治而已……凡稱吴國、江都、廣陵、南兖、東廣、吴州、邗州者，皆今之揚州也。」萬井提封，形容揚州地廣人稠。井，《説文》：「八家一井。」《釋名·釋州國》：「周制九夫爲井。」萬井，指地域廣，人口多。杜甫《登牛頭山亭子》：「路出雙林外，亭窺萬井中。」提封，封地，領土。《漢書·刑法志》：「提封萬井。」杜甫《提封》：「提封漢天下，萬國尚同心。」

〔四〕花發路香，杜甫《西郊》：「江路野梅香。」

〔五〕鶯啼二句，杜牧《江南春》詩：「千里鶯啼緑映紅。」又《贈別》詩：「春風十里揚州路，捲上珠簾總不如。」此用其意。

〔六〕氣如虹，曹植《七啓》：「慷慨則氣成虹霓。」李賀《高軒過》：「馬蹄隱耳聲隆隆，入門下馬氣如虹。」

〔七〕曳照春金紫，謂豪俊之流皆曳紫綬，佩金印，在春光中特爲煊赫。杜甫《奉寄章十侍御》：「淮海維揚一俊人，金章紫綬照青春。」詞句本此。《漢書·百官公卿表》：「三公徹侯，皆金印紫綬。」李賀《榮華樂》：「新詔垂金曳紫光。」王琦注曰：「垂金印，曳紫綬。」

〔八〕飛蓋相從，車輛奔馳相隨。蓋，車頂。曹植《公宴》詩：「清夜遊西園，飛蓋相追隨。」

〔九〕故國，此處指故鄉。杜甫《上白帝城二首》之二：「取醉他鄉客，相逢故國人。」按秦氏爲高郵人，舊屬揚州，故云。

〔一〇〕迷樓掛斗，迷樓高聳入雲，上連星斗。迷樓，隋煬帝所築樓。《迷樓記》：「（煬帝）詔有司供具材木，凡役夫數萬，經歲而成。……帝幸之大喜，顧左右曰：『使真仙遊其中，亦當自迷也。可目之曰迷樓。』」其故址在廣陵。參見上引《與李樂天簡》。

〔一一〕月觀横空，高大之月觀横亘空中。月觀，著名的遊觀之所，在揚州。《宋書·徐湛之傳》：「廣陵城舊有高樓……湛之更起風亭、月觀、吹臺、琴室。」《大業拾遺記》：「帝幸月觀，煙景清朗。」

〔一二〕紋錦製帆，《開河記》：「（煬）帝自洛陽遷駕大梁，詔江淮諸州造大船五百只……龍舟既成，泛江沿淮而下，時舳艫相繼，連接千里。自大梁至淮口，聯綿不絶，錦帆過處，香聞百里。」李商隱《隋宫》詩：「玉璽不緣歸日角，錦帆應是到天涯。」

〔一三〕明珠濺雨，《隋遺録》：「煬帝命宫女灑明珠於龍舟上，以擬雨雹之聲。」

〔一四〕爵馬魚龍，指遊玩之事。鮑照《蕪城賦》：「魚龍爵馬之玩。」爵，通「雀」，雀、馬均古代王公貴族之玩物。魚龍爲漢以來百戲節目之一。《漢書·西域傳讚》：「作巴俞都盧、海中碭極、漫衍魚龍、角抵之戲以觀視之。」顔師古注：「魚龍者，爲舍利之獸，先戲於庭極，畢，乃入殿前，激水化成比目魚，跳躍漱水，作霧障日，畢，化成黄龍八丈，出水敖戲於庭，炫耀日光。」此五句謂煬帝危樓華觀，抛珠裂錦，窮奢極侈，豈止魚龍爵馬之戲玩而已。

〔一五〕縈帶離宫，縈帶，縈繞。杜甫《遊修覺寺》詩：「徑石相縈帶，川雲自去留。」離宫，正宫之外皇帝出巡時的宫寢。《通鑑·隨紀四》：「（煬帝）自長安至江都置離宫四十餘所。」

〔一六〕最好二句，謂憑弔古跡，最宜以詩酒遣興。歐陽修《朝中措（送劉仲原甫出守維揚）》：「文章太守，揮毫萬字，一飲千鍾。」秦詞本此。千鍾，形容酒量之大。《孔叢子》卷四：「平原君與子高飲，强子高酒，曰：昔有遺諺，堯舜千鍾。孔子百觚，子路嗑嗑，尚飲十榼。古之聖賢，無不能飲也。」

【評説】

俞陛雲《唐五代兩宋詞選釋》：首言州郡之雄壯，提挈全篇。次言途中之富麗，人物之豪俊。次乃及遊賞歸來，垂楊門巷，畫橋碧陰，言居處之妍華，層層寫出，如身到緑楊城郭。下闋言追懷煬帝時事，其繁雄過於今日，迷樓朱障，極侈泰之娱，而物换星移，剩有亂雲流水，與唐人過隨宫詩「晚來風起花如雪，飛入宫墻不見人」，及「閃閃殘螢猶得意，夜深來往豆花叢」，其感歎相似。

其二①

秦峰蒼翠〔一〕，耶溪瀟灑〔二〕，千巖萬壑争流〔三〕。鴛瓦雉城〔四〕，譙門畫戟〔五〕，蓬萊燕閣三休〔六〕。天際識歸舟〔七〕。泛五湖煙月，西子同遊〔八〕。茂草臺荒②〔九〕，苧蘿村冷〔一〇〕，起閒愁。何人覽古凝眸。悵朱顔易失〔一一〕，翠被難留〔一二〕。梅市舊書〔一三〕，蘭亭古墨〔一四〕，依稀風韻生秋〔一五〕。狂客鑒湖頭〔一六〕。有百年臺沼〔一七〕，終日夷猶〔一八〕。最好金龜换酒〔一九〕，相與醉滄洲〔二〇〕。

【校記】

①［其二］張本、鄧本、胡本、毛本、四庫本、王本作「又」，下有「越州懷古」四字題目。②［臺荒］張本、鄧本、胡本、毛本、四庫本、王本作「荒臺」。

【箋注】

此詞詠懷會稽古跡，爲作者元豐二年（一〇七九）往會稽省大父承議公及叔父定時所作，年三十一歲。時會稽守程公闢師孟頗加優容，館之蓬萊閣，日與遊宴唱和。《淮海集》尚有《謝程公闢啓》

《遊鑑湖》《蓬萊閣》詩等，均同年所作，可參看。會稽，古縣名。治所在今浙江紹興。秦漢時名山陰，隋改名會稽，嘗爲越州、會稽郡、紹興府治所。

〔一〕秦峰，即秦望山，在會稽。孔靈符《會稽記》：「秦望山在州城正南，爲衆峰之傑，入境便見……昔秦始皇登此，使李斯刻石，其碑見在。」

〔二〕耶溪，即若耶溪，在會稽。溪旁有浣紗石，相傳西施嘗浣紗於此。《會稽志》：「若耶溪在會稽縣南二十五里，北流與鏡湖合。」李白《子夜吴歌四首》之二云：「鏡湖三百里，菡萏發荷花。五月西施採，人看隘若耶。」瀟灑，此處指風景清幽。杜甫《玉華宫》詩：「萬籟真笙竽，秋色正瀟灑。」

〔三〕千巖萬壑，謂會稽山水絶勝。《世説新語・言語》：「顧長康從會稽還，人問山川之美，顧云：『千巖競秀，萬壑争流，草木蒙籠其上，若雲興霞蔚。』」

〔四〕鴛瓦，即鴛鴦瓦，喻瓦之成對者。李商隱《當句有對》：「秦樓鴛瓦漢宫盤。」雉城，指城上齒狀小墻，又名雉堞，女墻。

〔五〕譙門，橋樓下城門。周祈《名義考》：「古者爲樓以望敵陣，兵列於其間，下爲門，上爲樓，或曰譙門，或曰譙樓也。」畫戟，戟上施有彩畫者。王維《燕支行》：「畫戟雕戈白日寒。」

〔六〕蓬萊句，蓬萊燕閣，即蓬萊閣，燕，通「宴」。《會稽續志》：「蓬萊閣在設廳之後卧龍山下，吴越錢鏐所建。」三休，按漢賈誼《新書・退讓》：「翟王使使至楚，楚王欲誇之，故饗客於章華之臺上。上者三休而乃至其上。」故後以三休形容臺閣之高。又唐司空圖有三休亭。《唐才子傳·司空圖傳》：「嘗曰：『某宦情蕭索，百事無能，量才一宜休，揣分二宜休，耄而瞶三宜休。』遂名其亭曰『三休』。」後常以此表謙退。按少游此時未登第，館於蓬萊閣中，故以三休自謙。

〔七〕天際句，此借用謝脁詩成句。謝有《之宣城郡出新林浦向板橋》：「天際識歸舟，雲中辨江樹。」

〔八〕泛五湖二句，寫范蠡滅吴後與西子隱於五湖事。五湖，此指太湖及相鄰諸湖。相傳范蠡獻西施於吴王夫差，因得滅吴，後相與遊於江湖。按《國語·越語下》《史記·貨殖列傳》，記范蠡既雪會稽之恥，乘扁舟浮於江湖，變名易姓，爲鴟夷子皮，説皆不及西施。至杜牧《杜秋娘詩》始云：「西子下姑蘇，一舸逐鴟夷。」而楊慎云：「世傳西子隨范蠡去，不見所出，只因杜牧『一舸隨鴟夷』之句而附會也。《墨子》曰：『西施之沉其美也。』墨子去吴越之世甚近，所書得其真。」則謂事出虚無。今按西施、范蠡乃民間傳説之詞。杜牧詩、少游詞均本之傳説，似可不必膠柱。

〔九〕茂草臺荒，謂姑蘇臺早已荒蕪。《吴越春秋》：「吴王既得西施，甚寵之，爲築姑蘇臺，高三百丈，遊宴其上。子胥諫曰：『吾恐姑蘇臺不久爲麋鹿之遊矣！』」李白有《蘇臺覽古》：「舊苑荒臺楊柳新，菱歌清唱不勝春。只今惟有西江月，曾照吴王宫裏人。」亦詠此事。

〔一〇〕苧蘿村，在諸暨縣，爲西施鄉里。李白《西施》：「西施越溪女，出自苧蘿山。」

〔一一〕朱顏，紅潤之顏，指青春時。王康琚《反招隱詩》：「凝霜凋朱顏。」

〔一二〕翠被，《左傳·昭公十二年》：「楚子次於乾溪，以爲之援。雨雪，王皮冠，秦復陶、翠被、豹舄，執鞭以出。」杜預注翠被曰：「以翠羽飾被。」

〔一三〕梅市，《地理志》：「梅市，在紹興府城西，以梅福爲名。」舊書，似指梅福上書故事。《漢書·楊胡朱梅云傳》：「福字子真，九江壽春人也。少學長安，明《尚書》《穀梁春秋》，爲郡文學，補南昌尉。後去官歸壽春，數因縣道上言變事，求假軺傳，詣行在所條對急政，輒報罷。是時成帝委任大將軍王鳳，鳳專勢擅朝，而京兆尹王章素忠直，譏刺鳳，爲鳳所誅。王氏浸盛，災異數見，群下莫敢正言。福復上書曰：『臣聞箕子佯狂於殷，而爲周陳洪範……』上遂不納，成帝久亡繼嗣，福以爲宜建三統，封孔子之世以爲殷後，復上書曰：『臣聞不在其位，不謀其政……』福孤遠，又譏切王氏，故終不見納。……是時福居家，常以讀書養性爲事。至元始中，王莽顓政。福一朝棄妻子，去九江，至今傳以爲仙。其後人有見福於會稽者，變名姓爲吴市門卒云。」

〔一四〕蘭亭古墨，指王羲之撰書之《蘭亭集序》。《淮海集》卷三十五《書蘭亭叙後》：「《蘭亭》者，晋右將軍會稽内使瑯琊王羲之逸少所書詩序也。右軍以穆帝永和九年三月三日，與太原孫統丞公、孫綽興公、廣漢王彬之道生、陳郡謝安安石、高平郄曇重熙、太原王藴發仁、釋支遁道林，及其子凝之、徽之、操之等四十有一人，修祓禊於山陰之蘭亭。酒酣賦詩。製序用蠶繭紙，鼠鬚筆，書凡二十八行，三百二十四字。字有重者，皆構别體。而『之』字最多，至二十許字。他日更書數十本，終無及者。右軍亦自愛重，留付子孫。至七代孫智永，爲比丘，俗呼永禪師。永卒，傳其書於弟子辯才。才俗姓袁氏，梁司空昂之元孫。唐正觀中，太宗鋭意學二王書帖，摹拓殆盡，惟未得《蘭亭》。凡三召辯才詰之，固稱荐經，喪亂亡失，不知所在。後遣監察御史蕭翼，微服爲書生以詭辯才，始得之。命供奉拓書人趙模、韓道政、馮承素、葛貞等四人，各拓數本，以賜皇太子、諸王、近臣。貞觀二十三年，高宗奉遺詔以《蘭亭》入昭陵。惟趙模等所拓者傳於世。事見何延之《蘭亭記》。」蘭亭，地名。《輿地志》：「山陰縣西有蘭渚，渚有蘭亭，王羲之所謂曲水之勝境，製序於此。」爲會稽名勝。郎士元《送李遂之越》詩：「梅市門何處？蘭亭水尚流。」

〔一五〕依稀句，謂流風餘韻，依稀尚存。

〔一六〕狂客，指賀知章。賀爲唐時越州（治紹興）人，晚年號「四明狂客」。鑒湖，又名鏡湖、慶湖，在今浙江紹興會稽山北麓，東漢會稽守馬臻主持修築，歷代續有增修。賀知章晚年嘗居鑒湖側。《新唐書·賀知章傳》：「乃請爲道士還鄉里……有詔賜鏡湖、剡川一曲。」

〔一七〕臺沼，臺觀池沼，指鏡湖、千秋觀等。李白《對酒憶賀監二首》之二：「狂客歸四明，山陰道士迎。敕賜鏡湖水，爲君臺沼榮。」

〔一八〕夷猶，猶豫。《楚辭·九歌·湘君》：「君不行兮夷猶。」此處意爲從容自得。

〔一九〕金龜换酒，李白《對酒憶賀監二首序》：「太子賓客賀公於長安紫極宫一見余，呼余爲謫仙人，因解金龜换酒爲樂。」金龜，所佩玩飾。又《唐書·輿服志》，武后時，三品以上官員佩金龜袋。

〔二〇〕滄洲，水濱，隱者所居。謝朓《之宣城郡出新林向板橋》：「既歡懷禄情，復協滄洲趣。」

【評説】

沈際飛《草堂詩集續集》：詞爲故實拖迭所累。

其三①

梅英疏淡〔一〕，冰澌溶泄②〔二〕，東風暗换年華。金谷俊遊〔三〕，銅駝巷陌〔四〕，新晴細履平沙〔五〕。長記誤隨車〔六〕。正絮翻蝶舞，芳思交加〔七〕。柳下桃蹊〔八〕，亂分春色到人家。　西園夜飲鳴笳〔九〕。有華燈礙月〔一〇〕，飛蓋妨花。蘭苑未空〔一一〕，行人漸老，重來是事堪嗟③〔一二〕。煙暝酒旗斜〔一三〕。但倚樓極目，時見棲鴉。無奈歸心，暗隨流水到天涯。

【校記】

①〔其三〕張本、胡本、鄧本、毛本、四庫本、王本作「又」。下有「洛陽懷古」四字。　②〔冰澌〕底本作「水澌」，從張本、胡本、鄧本、毛本、王本、龍本改。　③〔是事〕王本作「事事」。

【箋注】

此詞當爲紹聖初離京時作。「重來是事堪嗟」，按少游元豐間應試曾去京師。元祐中則有二次。「重來」應指元祐五年（一〇九〇），蓋相對元祐三年而言也。元祐三年少游在蔡州爲教授，因蘇軾、鮮于侁之薦，應招入京師，然遭物議，引病歸蔡。此時蘇氏兄弟、黄庭堅、晁補之、王鞏、李廌等俱在京，此爲京華遊樂至歡之時。兩年後少游以范純仁薦再來京，除秘書省校對黄本書籍。次年即有賈易、趙君錫之劾。蘇軾旋亦請郡。紹聖元年（一〇九四）二蘇及門下諸士均坐黨籍遠謫，是五年再來事多不順，故曰「是事堪嗟」。洛陽，北宋時爲西京。少游如洛，雖集中有《和王忠玉提刑》《白馬寺晚泊》詩可證，然具體時間難以考訂。此詞托言洛陽而實寫汴京今昔之感，兼與古人古事了不相涉，「洛陽懷古」一題似爲後人妄加。

〔一〕梅英，梅花。蘇軾《浪淘沙》：「料想春光先到處，吹綻梅英。」

〔二〕冰澌溶泄，冰塊融化流動。《説文》：「澌，流冰也。」

〔三〕金谷俊遊，金谷勝侶。金谷，晋石崇别墅名園，在洛陽城西。俊遊，高朋勝侶。柳永《鳳歸雲》詞：「一歲風光，盡堪隨分，俊遊清宴。」

〔四〕銅駝巷陌，洛陽銅駝街。《太平御覽》卷一五八《州郡部》四引陸機《洛陽記》：「洛陽有銅駝街，漢鑄銅駝二枚，在宫南四會道相對。俗語曰：『金馬門外集衆賢，銅駝街上集少年。』」同書卷一九五《居處部》二三引華氏《洛陽記》曰：「兩銅駝在宫之南街，東西相對，高九尺，漢時所謂銅駝街。」徐陵《洛陽道》：「東門向金馬，南陌接銅駝。」可知銅駝街在城南，與城西之金谷園，皆爲洛陽遊樂勝地。

〔五〕細履平沙，漫步於坦途。平沙，道上尚未長草。温庭筠《觱篥歌》：「門外平沙草芽短。」

〔六〕長記句，長記，常記。誤隨車，無意中跟錯了别家女眷車輛。韓愈《嘲少年》詩：「只知閑信馬，不覺誤隨車。」

〔七〕芳思，猶言春情。李紳《小樓櫻桃花》詩：「多事東風入閨闥，盡飄芳思委江城。」

〔八〕柳下句，《史記·李將軍列傳》：「諺曰：桃李不言，下自成蹊。」王涯《遊春詞》：「經過柳陌與桃蹊。」

〔九〕西園句，西園，洛陽、開封俱有之。張衡《東京賦》：「歲惟仲冬，大閱西園。」李善注：「西園，上林苑也。」李格非《洛陽名園記》有董氏西園。開封亦有西園，爲王晉卿宴客處。米芾《西園雅集圖記》叙西園宴集者有東坡、王晉卿、蔡天啓、李端叔、蘇子由、黄魯直、陳無己、李伯時、晁無咎、張文潛、鄭靖老、秦少游、陳碧虚、米元章、王仲至、圓通大師、劉巨濟。考之當即元祐三年京師事。鳴笳，吹奏胡笳。曹丕《與朝歌令吴質書》：「從者鳴笳以啓路。」笳，胡笳，古管樂器，漢時流行塞北及西域。

〔一〇〕華燈礙月，明燈妨礙欣賞月色。

〔一一〕蘭苑未空，名園尚未荒蕪。蘭苑，指園林。謝靈運《曇隆法師誄》：「如彼蘭苑，風過氣越。」

〔一二〕是事，事事。

〔一三〕煙暝，夜霧迷茫。孟浩然《宴鮑二宅》：「煙暝棲鳥迷，余將歸白社。」

【評説】

顧從敬輯、沈際飛評《草堂詩餘正集》卷五：春光滿楮，與梅無涉。

周濟《宋四家詞選》：兩兩相形，以整見勁。以兩「到」字作眼，點出「换」字精神。

譚獻《譚評詞辨》：「長記誤隨車」句，頓宕。「柳下桃蹊」二句，旋斷仍連。後半闋若陳、隋小賦縮本，填詞家不以唐人爲止境也。

陳廷焯《白雨齋詞話》：少游詞最深厚，最沉著。如「柳下桃蹊，亂分春色到人家」，思路幽絶，其妙令人不能思議。故「郴江幸自繞郴山，爲誰流下瀟湘去」之語，尤爲入妙。世人動訾秦七，真所謂井蛙謗海也。

俞陛雲《唐五代兩宋詞選釋》：前段記昔日遊觀之事。轉頭處「西園」三句，極寫燈火車騎之盛。唯其先用重筆，故重來感舊，備覺淒清。後段真氣流轉，不下於「廣陵懷古」之作。

其四①

奴如飛絮〔一〕，郎如流水，相沾便肯相隨。微月户庭，殘燈簾幕，匆匆共惜佳期〔二〕。纔話暫分攜〔三〕。早抱人嬌咽，雙淚紅垂〔四〕。畫舸難停〔五〕，翠幃輕别兩依依〔六〕。　别來怎表相思。有分香帕子，合數松兒〔七〕。紅粉脆痕〔八〕，青箋嫩約〔九〕，丁寧莫遣人知〔一〇〕。成病也因誰。更自言秋杪〔一一〕，親去無疑。但恐生時注著〔一二〕，合有分于飛〔一三〕。

【校記】

①［其四］張本、胡本、鄧本、毛本、四庫本、王本作「又」。下有「别意」二字爲題。

【箋注】

本詞寫情人分離，著重表現女子之深情。

〔一〕奴如二句，以飛絮流水喻男女遇合。吴融《濉水雪上》：「落絮已隨流水去。」情境相似。

〔二〕佳期，男女期會。《楚辭·九歌·湘夫人》：「與佳期兮夕張。」佳，佳人，指湘夫人。後指佳會。謝朓《在郡卧病呈沈尚書》：「良辰竟何許？夙昔夢佳期。」多指男女期會之時。李商隱《代魏宫私贈（黄初三年，已隔存殁，追代其意，何必同時，亦廣子夜鬼歌之流）》：「來時西館阻佳期，去後漳河隔夢思。」

〔三〕分携，分離。李頻《岐山下逢陝下故人》：「三秦一會面，二陝久分携。」

〔四〕雙淚紅垂，猶言血淚雙垂。《太平御覽》卷七〇三引王子年《拾遺記》曰：「魏文帝納薛靈芸，别父母，歔欷累日，淚下沾衣。至升車就路之時，玉唾壺承淚，壺即如紅色。及至京師，壺之淚如凝血矣。」後以形容悲泣之甚。

〔五〕畫舸，畫船。船之有彩畫者。

〔六〕翠幃，青緑色羅帳。

〔七〕合數松兒，按中華書局編《學林漫録》八載吴小如《讀詞散札》：「松兒何物，前人多不能解。或謂是酒籌，非也。胡仔《苕溪漁隱叢話》後集卷十六引《東皋雜録》云：『孔常甫言，唐人詩有「城頭催鼓傳花枝，席上搏拳握松子」，乃知酒席藏鬮爲戲，其來已久。』松兒，疑即松子。搏拳握之，使人猜其數。合數，指所猜之數與所握松子之數正相合也。」此説可從。

〔八〕紅粉脆痕，臉上殘留之脂粉痕跡。脆痕，輕痕。

〔九〕青箋嫩約，彩箋所寫文辭稚氣之情書。青箋，泛指彩箋。《蜀中方物記》引趙抃《成都記》：「蜀箋十種樣，曰深紅，曰粉紅，曰杏紅，曰明黄，曰深青，曰淺青，曰深緑，曰淺緑，曰銅緑，曰淺雲。」嫩，指稚氣，不老練。

〔一〇〕丁寧，即叮嚀，再三囑咐。

〔一一〕秋杪，即秋末。

〔一二〕注著，注定。

〔一三〕合，該。于飛，《左傳·莊公二十二年》：「初，懿氏卜妻敬仲，其妻占之曰：『吉，是謂鳳凰于飛，和鳴鏘鏘。有嬀之後，將育于姜。』」于飛，鳥之偕飛，後喻夫妻和諧。

沁園春①

宿靄迷空〔一〕，膩雲籠日〔二〕，晝景漸長〔三〕。正蘭皋泥潤〔四〕，誰家燕喜，蜜脾香少〔五〕，觸處蜂忙。盡日無人簾幕掛，更風遞遊絲時過墻〔六〕。微雨後，有桃愁杏怨，紅淚淋浪〔七〕。

風流寸心易感〔八〕，但依依佇立，回盡柔腸〔九〕。念小奩瑶鑒〔一〇〕，重匀絳蠟〔一一〕，玉籠金斗〔一二〕，時熨沉香〔一三〕。柳下相將遊冶處〔一四〕，便回首青樓成異鄉〔一五〕。相憶事，縱蠻箋萬疊〔一六〕，難寫微茫。

【校記】

①［調名］張本、胡本、鄧本、毛本、四庫本、王本調下均有題作「春思」。

【箋注】

此詞描寫春景、春情。

〔一〕宿靄，前夜之霧氣。韓愈《秋雨聯句》詩：「安得發商飈，廓然吹宿靄。」

〔二〕膩雲，明亮匀浄之雲。杜牧《春日茶山病不飲酒因呈賓客》詩：「山秀白雲膩，溪光紅粉鮮。」

〔三〕晝景，日光。獨孤及《苦熱行》：「晝景絶可畏，涼飈何由發？」

〔四〕蘭皋，水邊生蘭草者。《離騷》：「步余馬於蘭皋兮，馳椒丘且焉止息。」朱熹注曰：「澤曲曰皋，其中有蘭，故曰蘭皋。」

〔五〕蜜脾，蜜蜂營巢，釀蜜其中，其形如脾，故名。李商隱《閨情》詩：「紅露花房白蜜脾，黄蜂紫蝶兩參差。」

〔六〕遊絲，蜘蛛等昆蟲所吐絲，常飄蕩空中。庾信《春賦》：「一叢香草足礙人，數尺遊絲即横路。」

〔七〕紅淚淋浪，此處將桃杏擬人化，故稱樹枝水珠滴落，如女兒紅淚滴落。

〔八〕風流，謂多情。李商隱《閨情》：「春窗一覺風流夢，却是同衾不得知。」

〔九〕回盡柔腸，司馬遷《報任少卿書》：「是以腸一日而九回。」

〔一〇〕奩，古時女子存放梳妝用品之鏡箱。瑶鑒，猶言玉鏡。

〔一一〕勻，分。絳蠟，紅燭。

〔一二〕玉籠，指華美之熏籠。金斗，熨斗。

〔一三〕時熨沉香，用沉香熏熨衣裳。沉香，沉水香。《梁書·林邑國傳》：「沉水香，土人斫斷，積以歲年，朽爛而心節獨在，置水中則沉，故名沉香。」貴族多用以熏香祛除暑濕。李商隱《效徐陵體贈更衣》詩：「輕寒衣省夜，金斗熨沉香。」

〔一四〕遊冶，遊玩尋樂。李白《採蓮曲》：「岸上誰家遊冶郎，三三五五映垂楊。」後多指出入妓院。歐陽修《蝶戀花》詞：「玉樓雕鞍遊冶處，樓高不見章臺路。」

〔一五〕青樓，本指女性所居華麗樓房。曹植《美女篇》：「青樓臨大路，高門結重關。」後多指妓院。杜牧《遣懷》詩：「十年一覺揚州夢，贏得青樓薄倖名。」

〔一六〕蠻箋，指蜀箋。費著《牋紙譜》引《談苑》載韓浦寄弟詩云：「十樣蠻箋出益州，寄來新自浣花頭。」

【評説】

胡仔《苕溪漁隱叢話》後集卷三十三：「《藝苑雌黄》云：『予又嘗讀李義山《效徐陵體贈更衣》云：「輕寒衣省夜，金斗熨沈香。」乃知少游詞「玉籠金斗，時熨沈香」，與夫「睡起熨沈香，玉腕不勝金斗」，其語亦有來歷處，乃知名人必無杜撰語。』」

沈際飛《草堂詩集別集》：「委委佗佗，條條秩秩，未免有情難讀，讀難厭。」

水龍吟①

小樓連遠横空②，下窺繡轂雕鞍驟〔一〕。朱簾半捲③，單衣初試〔二〕，清明時候。破暖輕風，弄晴微雨，欲無還有。賣花聲過盡〔三〕，斜陽院落，紅成陣〔四〕，飛鴛甃〔五〕。　玉佩丁東別後〔六〕，悵佳期、參差難又〔七〕。名韁利鎖〔八〕，天還知道，和天也瘦〔九〕。花下重門，柳邊深巷，不堪回首〔一〇〕。念多情，但有當時皓月，向人依舊④。

【校記】

①〔詞調〕張本、胡本、鄧本、龍本調下均有「贈妓婁東玉」五字，毛本、四庫本、王本作「贈妓樓東玉」。②〔連遠〕張本、胡本、鄧本、毛本、四庫本、王本皆作「連苑」。③〔朱簾〕張本、胡本、鄧本、毛本、四庫本、王本皆作「疏簾」。④〔向人〕毛本、四庫本作「照人」。

【箋注】

此詞寫春日相思之情。據《高齋詩話》，當爲元祐初蔡州作。蔡州，治所在今河南汝南縣。

〔一〕繡轂雕鞍，華美的車馬。白居易《和夢遊春詩一百韻》：「羅扇夾花燈，金鞍攢繡轂。」宋祁《鷓鴣天》詞：「畫轂雕鞍狹路逢。」

〔二〕單衣初試，初換春裝。白居易《三月三日》詩：「蓮子數杯嘗冷酒，柘枝一曲試春衫。」

〔三〕賣花聲，《東京夢華録》卷七：「季春萬花爛漫……賣花者以馬頭竹籃鋪排，歌叫之聲清奇可聽。」

〔四〕紅成陣，陣，陣雨。謂花落如雨。李賀《將進酒》「桃花亂落如紅雨」，即此句所本。

〔五〕飛鴛甃，飛花落向井臺。鴛甃，井臺之磚石兩兩相對者。甃，井壁。

〔六〕玉佩，古代士大夫衣帶上所係玉飾。《禮記・玉藻》：「古之君子必佩玉。」李商隱《今年二月不自量度……》詩：「鮑壺冰皎潔，王珮玉丁冬。」

〔七〕參差，錯失。薛能《下第後春日長安寓居》：「隔年空仰望，臨時又參差。」難又，難再。

〔八〕名韁利鎖，喻爲名利所羈縶。柳永《夏雲峰》：「向此免，名韁利鎖，虛費光陰。」

〔九〕天還知道二句，李賀《金銅仙人辭漢歌》「天若有情天亦老」，此句本此。還知道，《詩詞曲語辭匯釋》卷二「還」字條：「還知道，猶云如其知道也。」又「和」字條：「和，猶連也。」

〔一〇〕不堪回首，李煜《虞美人》詞：「故國不堪回首月明中。」

【評説】

《御選歷代詩餘》卷一一五引曾慥《高齋詩話》：少游自會稽入都見東坡，東坡曰：「不意别後，公却學柳七作詞！」少游曰：「某雖無學，亦不如是。」東坡曰：「銷魂當此際，非柳七語乎？」坡又問别作何詞？少游舉「小樓連苑横空，下窺繡轂雕鞍驟」。東坡曰：「十三個字，只説得一個人騎馬樓前過。」少游問公近作，乃舉「燕子樓空，佳人何在，空鎖樓中燕」。晁無咎曰：「只三句，便説盡張建封事。」

王楙《野客叢書》卷二十引《後山詩話》：少游詞有「天還知道，和天也瘦」之語。伊川先生聞之，以爲媟瀆上天。是則然矣，不知此語蓋祖李賀「天若有情天亦老」之意爾。

曾季貍《艇齋詩話》：少游詞「小樓連苑横空」，爲都下一妓姓樓名琬字東玉，詞中欲藏「樓琬」二字。然少游亦自用出處。張籍詩云：「妾家高樓連苑起。」

張炎《詞源》卷下：大詞之料，可以斂爲小詞；小詞之料，不可展爲大詞。若爲大詞，必是一句之意，引而爲兩三句，或引他意入來，捏合成章。必無一唱三嘆。如少游《水龍吟》云：「小樓連苑横空，下窺繡轂雕鞍驟。」猶且不免爲東坡見誚。

楊慎《詞品》：填詞平仄及斷句皆定數，而詞人語義所到，時有參差。如秦少游《水龍吟》前段歇拍句云「紅成陣，飛鴛甃」，换頭落句云：「念多情，但有當時皎月，照人依舊。」以詞意言，「當時皎月」作一句，「照人依舊」作一句。以詞調拍眼，「但有當時」作一拍，「皎月照」作一拍，「人依舊」作一拍。

沈雄《古今詞話·詞品》：秦少游《水龍吟》「小樓連苑横空」，隱「婁東玉」字；《南柯子》「一鉤殘月帶三星」，隱「陶心兒」字。何文縝《虞美人》「分香帕子柔藍膩，欲去殷勤惠」，隱「惠柔」字。興會所致，自不能已。大雅之作，政不必然。若黄山谷《兩同心》云「你共人女邊著子，怎知我門裏擔心」，隱「好悶」兩字。總因「黄娟幼婦，外孫齏臼」八字作俑。而下流於「秋在人心上，心在門兒裏」便開俚淺蹊徑。

郭麐《靈芬館詞話》：「小樓連苑横空」，無名字之夢也，有頭無尾，雖遊戲筆墨，亦自有天然妙合之趣。

王國維《人間詞話》：詞最忌用替代字。美成之《解語花》「桂華流瓦」，境界極妙，惜以「桂華」二字代月耳。夢窗以下，則用代字更多。其所以然者，非意不足，則語不妙也。蓋語妙則不必代，意足則不暇代。此少游之「小樓連苑」「繡轂雕鞍」所以爲東坡所譏也。

俞陛雲《唐五代兩宋詞選釋》：此詞上闋「破暖風輕」七句，雖純以輕婉之筆寫春景，而觀其下闋，則花香簾影中，有傷春人在也。

八六子①

倚危亭，恨如芳草，凄凄剗盡還生〔一〕②。念柳外青驄别後〔二〕，水邊紅袂分時〔三〕，愴然暗驚③〔四〕。無端天與娉婷〔五〕，夜月一簾幽夢，春風十里柔情〔六〕。怎奈向、歡娱漸隨流水④〔七〕，素弦聲斷〔八〕，翠綃香減〔九〕，那堪片片飛花弄晚〔一〇〕，濛濛殘雨籠晴。正銷凝〔一一〕，黄鸝又啼數聲。

【校記】

①［調名］毛本、四庫本調下有「春怨」二字。　②［淒淒］張本、胡本、鄧本、王本作「萋萋」。　③［愴然］毛本、四庫本作「淒然」。　④［怎奈向］王本、毛本、四庫本作「怎奈何」。

【箋注】

此詞寫别後相思。此詞又誤收入侯文燦《十名家詞》賀鑄《東山詞》。

〔一〕恨如芳草二句，淒淒，義同「萋萋」，盛貌。「剗」，同「鏟」。李煜《清平樂》詞：「離恨恰如春草，更行更遠還生。」白居易《賦得古原草送别》：「離離原上草，一歲一枯榮，野火燒不盡，春風吹又生。」詞意本此二處。

〔二〕青驄，青白色馬。杜甫《寄贈王十將軍承俊》：「纏結青驄馬，出入錦城中。」

〔三〕紅袂，紅色衣袖。韋莊《小重山》：「羅衣濕，紅袂有啼痕。」此代紅衣女。

〔四〕愴然，悲傷失意貌。陳子昂《登幽州臺歌》：「念天地之悠悠，獨愴然而涕下。」

〔五〕無端，無心、無意。李商隱《錦瑟》：「錦瑟無端五十弦。」娉婷，姿容美好貌。辛延年《羽林郎》：「不意金吾子，娉婷過我廬。」白居易《昭君怨》詩：「明妃風貌最娉婷，合在椒房應四星。」此處意爲美色。

〔六〕夜月兩句，幽夢，隱約依稀之夢境。李商隱《銀河吹笙》：「重衾幽夢他年斷。」杜牧《贈别》：「春風十里揚州路，卷上珠簾總不如。」

〔七〕怎奈向，即怎奈。「向」字爲詞尾。張相《詩詞曲語詞匯釋》卷三「向」二：「向，語助詞，專用於『怎奈』『如何』一類之語，加强其語氣而爲其語尾。」晏殊《殢人嬌》詞：「羅巾掩淚，任粉痕沾污，争奈向千留萬留不住。」

〔八〕素弦聲斷，琴聲已不能聽見。盧照鄰《送梓州高參軍還京》：「别路琴聲斷，秋山猿鳥吟。」

〔九〕翠綃香減，所贈緑色絲巾香氣漸已淡薄。

〔一〇〕片片飛花，杜甫《曲江二首》之一：「一片飛花減却春，風飄萬點正愁人。」

〔一一〕銷凝，悲愁感傷，茫然出神。《詩詞曲語辭匯釋》卷五：「銷凝，亦作消凝，爲『銷魂凝魂』之約辭。銷魂與凝魂，同爲出神之意。」

【評説】

胡仔《苕溪漁隱叢話》後集卷三十九：又《八六子》「倚危亭，恨如芳草，凄凄刬盡還生」者，《浣溪沙》「脚上鞋兒四寸羅」者，二詞皆見《淮海集》，乃以《八六子》爲賀方回作，《浣溪沙》爲涪翁作，皆非也。

洪邁《容齋隨筆》卷十三：秦少游《八六子》詞云：「片片飛花弄晚，濛濛殘雨籠晴。正銷凝，黄鸝又啼數聲。」語句清峭，爲名流推激。予家舊有建本《蘭畹曲集》，載杜牧之一詞，但記其末句云：「正銷魂，梧桐又移翠陰。」秦公蓋效之，似差不及也。

張炎《詞源》卷下：離情當如此作，全在情景交煉，得言外意，有如「勸君更盡一杯酒，西出陽關無故人」，乃爲絶唱。

顧從敬、沈際飛《草堂詩餘正集》：恨如剗草還生，愁如春絮相接。言愁，愁不可斷；言恨，恨不可已。長短句偏入四六，《何滿子》之外，復見此。

先著《詞潔》：周美成「愁如春後絮，來相接」，與「恨如芳草，剗盡還生」，可謂極善形容。

陳霆《渚山堂詞話》：少游《八六子》尾闋云：「正銷凝，黄鸝又啼數聲。」唐杜牧之一詞，其末云：「正銷凝，梧桐又移翠陰。」秦詞全用杜格。然秦首句云「倚危亭，恨如芳草，凄凄剗盡還生」，二語妙甚。故非杜可及也。

周濟《宋四家詞選》：「起處神來之筆。」

黄蘇《蓼園詞選》：寄託耶？懷人耶？詞旨纏綿，音調凄婉如此。

風流子①

東風吹碧草，年華換，行客老滄洲〔一〕。見梅吐舊英，柳摇新緑，惱人春色〔二〕，還上枝頭。寸心亂〔三〕，北隨雲黯黯，東逐水悠悠。斜日半山，暝煙兩岸，數聲横笛〔四〕，一葉扁舟〔五〕。

青門同携手〔六〕，前歡記〔七〕，渾似夢裏揚州〔八〕。誰念斷腸南陌〔九〕，回首西樓〔一〇〕。算天長地久，有時有盡，奈何綿綿，此恨難休②〔一一〕。擬待倩人説與，生怕人愁。

【校記】

①［調名］毛本、四庫本調名下有題作「初春」。　②［難休］王本、毛本、四庫本、彊村本作「無休」。

【箋注】

此詞寫客子春日憶念昔時歡樂。詞中有「行客老滄洲」句，當是紹聖後謫中作。

〔一〕行客，猶言客子，客遊他鄉者。李頎《題綦毋校書别業》：「行客暮帆遠，主人庭樹秋。」

〔二〕惱人春色，魏承班《玉樓春》：「一庭春色惱人來，滿地落花紅幾片。」王安石《春夜》：「春色惱人眠不得，月移花影上欄杆。」

〔三〕寸心，即心，居胸中方寸之地，故云。陸機《文賦》：「函綿邈於尺素，吐滂沛乎寸心。」

〔四〕横笛，竹笛，古稱横吹，即今之七孔横吹之笛。與直吹之古笛有别。張巡《夜聞笛》：「旦夕更樓上，遥聞横笛吟。」

〔五〕一葉扁舟，《白帖》：「古者觀落葉因以爲舟。」庾信《哀江南賦》：「吹落葉之扁舟，飄長風於上游。」

〔六〕青門，長安城東門。《三輔黄圖》：「長安城東出南頭第一門，曰霸城門。民見門色青，名曰青城門，或曰青門。門外舊出佳瓜。」阮籍《詠懷》之八曰：「昔聞東陵瓜，近在青門外。」此處指汴京。

〔七〕前歡，昔日歡樂。馮延巳《鵲踏枝》詞：「歷歷前歡無處説。」

〔八〕渾似，還似。《詩詞曲語辭匯釋》卷二「渾」二：「渾，還也。」

〔九〕斷腸，喻悲傷之極。曹丕《燕歌行》：「群燕辭歸雁南翔，念君客遊思斷腸。」南陌，泛指城郊。梁武帝《河中之水歌》：「河中之水向東流，洛陽女兒名莫愁，十三能織綺，十四採桑南陌頭。」

〔一〇〕西樓，庾肩吾《奉和春夜應令》：「天禽下北閣，織女入西樓。」此指情人所居。

〔一一〕天長四句，白居易《長恨歌》：「天長地久有時盡，此恨綿綿無絶期。」此翻用其語。

【評説】

李攀龍《草堂詩餘雋》：觸景傷懷，言言新巧，不涉人間蹊徑。

黄蘇《蓼園詞選》：此必少游被謫後念京中舊友而作，托於懷所歡之辭也。情致濃深，聲調清越，回環雒誦，真能奕奕動人者矣！

夢揚州

晚雲收，正柳塘、煙雨初休〔一〕。燕子未歸，惻惻輕寒如秋〔二〕。小欄外，東風軟〔三〕，透繡幃、花蜜香稠〔四〕。江南遠，人何處，鷓鴣啼破春愁〔五〕。長記曾陪燕遊〔六〕。酬妙舞清歌〔七〕，麗錦纏頭〔八〕。殢酒困花①〔九〕，十載因誰淹留。醉鞭拂面歸來晚〔一〇〕，望翠樓簾卷金鉤〔一一〕。佳會阻，離情正亂，頻夢揚州。

【校記】

①［困花］底本作「爲花」，今從張本、胡本、鄧本、毛本、四庫本、王本、龍本改。

【箋注】

此詞當爲紹聖二年（一〇九五）處州所作。詞中所云「陪燕遊」「酬歌舞」「十載淹留」，皆京師事。「江南」，則當指處州。詞中雖詠離愁，實寓遷謫之意。此調爲少游自製曲，取結句爲名。處州，舊治在今浙江麗水附近。

〔一〕柳塘，嚴維《酬劉員外見寄》：「柳塘春水漫，花塢夕陽遲。」煙雨，如煙細雨。劉禹錫《竹枝詞》：「巫峽蒼蒼煙雨時，清猿啼在最高枝。」

〔二〕惻惻，輕寒貌。韓愈《秋懷》：「秋氣日惻惻，秋空日凌凌。」輕寒，微寒。

〔三〕東風軟，春風輕拂。温庭筠《郭處士擊甌歌》：「軟風吹春星斗稀。」

〔四〕繡幃，華美之帷幕。羅虬《比紅兒詩》：「醉和香態濃春睡，一樹繁花偃繡幃。」

〔五〕鷓鴣，鳥名。《禽經》張華注：「鷓鴣，其名自呼，飛必南向，雖東西回翔，開翅之始，必先南翥。」鄭谷《席上貽歌者》：「座中亦有江南客，莫向春風唱鷓鴣。」

〔六〕燕遊，同「宴遊」，遊樂。杜審言《和韋承慶過義陽公主山池五首》之三：「燕遊成野客，形勝得山家。」

〔七〕妙舞清歌，絶美之歌舞。曹丕《答繁欽書》：「妙舞莫巧於絳樹，清歌莫激於宋臘。」

〔八〕麗錦纏頭，賞賜歌姬舞女錦帛。杜甫《即事》：「笑時花近眼，歌罷錦纏頭。」九家注曰：「錦纏頭，以賞歌舞者。」白居易《琵琶行》：「五陵年少争纏頭，一曲紅綃不知數」，可見賞賜有時至厚。

〔九〕殢酒困花，爲酒、花所困擾。言沉溺、糾纏於飲酒賞花之中。《詩詞曲語辭匯釋》卷五「尤殢」條引本詞「殢酒困花」云：「殢與困對舉，殢有困義，與《玉篇》困極之訓亦通。」

〔一〇〕醉鞭，白居易《代書詩一百韻寄微之》：「酡顔烏帽側，醉袖玉鞭垂。」又《晚興》：「柳條春拂面，衫袖醉垂鞭。」

〔一一〕翠樓，猶言「青樓」，女子所居。王昌齡《閨怨》：「春日凝妝上翠樓。」

雨中花①

指點虛無征路〔一〕，醉乘斑虬〔二〕，遠訪西極〔三〕。正天風吹落②，滿空寒白③。玉女明星迎笑〔四〕，何苦自淹塵域〔五〕。正火輪飛上〔六〕，霧捲煙開，洞觀金碧〔七〕。　重重觀閣，橫枕鰲峰〔八〕，水面倒銜蒼石〔九〕。隨處有、奇香幽火，杳然難測。好是蟠桃熟後，阿環偷報消息〔一〇〕。任青天碧海④〔一一〕，一枝難遇，占取春色。

【校記】

①〔調名〕毛本、四庫本作「雨中花慢」。　②〔正〕張本、胡本、鄧本、毛本、四庫本、王本作「見」，龍本

作「看」。③「寒白」底本原作「寒皇」，皇爲白、玉二字誤合，今依王本、彊村本、龍本改。④「任青天碧海」底本原作「在天碧海」，今依彊村本、龍本改。

【箋注】

此爲遊仙詞，集中僅見。《冷齋夜話》以爲元豐初年所作。按《苕溪漁隱叢話》稱：「東坡嘗有書薦少游於荆公云：『向屢言高郵進士秦觀太虛，公亦粗知其人。今得其詩文數十首拜呈，詞格高下，固已無逃於左右，此外博綜史傳，通曉佛書，若此類未易一一數也。』」此事在元豐七年（一〇八四）。又少游集中有《反初》詩云：「昔年淮海末，邂逅安期生。謂我有靈骨，法當遊太清。」淮海末，亦在元豐中。可知少游元豐中出仕前頗好佛道，以爲元豐初年所作可信。

〔一〕虛無征路，虛空神人之路。司馬相如《大人賦》：「乘虛無而上遐，超無友而獨存。」杜甫《送孔巢父謝病歸遊江東兼呈李白》：「蓬萊織女回雲車，指點虛無是征路。」

〔二〕斑虬，雜色龍。《離騷》：「駟玉虬以乘鷖兮，溘埃風余上征。」王逸曰：「有角曰龍，無角曰虬。」

〔三〕西極，神話中極西之地。《離騷》：「朝發軔於天津兮，夕余至乎西極。」洪興祖補注曰：「《上林賦》云：『左蒼梧，右西極』。注引《爾雅》：西至於豳國爲西極。又《淮南》曰，西方西極之山曰閶闔之門。」

〔四〕玉女明星，即明星玉女，神女。《集仙録》：「明星玉女者，居華山，服玉漿，白日升天。祠前有五石，號曰玉女洗頭盆。」李白《西岳雲臺歌送丹丘子》：「明星玉女備灑掃，麻姑搔背指爪輕。」

〔五〕塵域，塵世、人間。韓駒《次韻參寥》：「何當與子超塵域，下視紛紛蟻磨旋。」

〔六〕火輪，太陽。韓愈《桃園圖》詩：「夜半金鷄啁哳鳴，火輪飛出客心驚。」方世舉注引《列子》：「日初出，大如車輪。」

〔七〕金碧，形容山水明麗。陳子昂《送殷大入蜀》詩：「蜀山金碧地，此地饒英靈。」亦多指寺觀之璀璨。《洛陽伽藍記·城西》：「佛殿僧房，皆爲胡飾。丹素發彩，金碧垂輝。」

〔八〕鼇峰，海中仙山。《列子·湯問》：「渤海之東，不知幾億萬里。有大壑焉，實維無底之谷。其下無底，名曰歸墟。八紘九野之水，天漢之流，莫不注之，而無增無減焉。其中有五山焉：一曰岱輿，二曰員嶠，三曰方壺，四曰瀛洲，五曰蓬萊。其山高下周旋三萬里，其頂平處九千里，山之中間相去七萬里，以爲鄰居焉。其上臺觀皆金玉；其上禽獸皆純縞；珠玕之樹皆叢生，華實皆有滋味，食之皆不老不死。所居之人，皆仙聖之種，一日一夕，飛相往來者，不可數焉。而五山之根無所連著，常隨潮波上下往還，不得蹔峙焉。仙聖毒之，訴之於帝，帝恐流於西極，失群聖之居。乃命禺强使巨鼇十五，舉首而戴之。迭爲三番六萬歲一交焉，五山始峙。」

〔九〕蒼石，山石。杜甫《萬丈潭》：「前臨洪濤寬，却立蒼石大。」

〔一〇〕蟠桃二句，蟠桃，神話中仙桃。《海内十洲記》：「東海有山名度索山，上有大桃樹，蟠曲三千里，曰蟠木。」《漢武故事》：七夕「西王母下，出桃七枚。母自噉二，以五枚與帝。帝留核著前。

母問曰：『用此何爲？』上曰：『此桃美，欲種之。』母笑曰：『此桃三千年一著子，非下土所植也。』」又據《漢武内傳》：阿環爲王母侍女。

〔一〕青天碧海，李商隱《嫦娥》詩：「嫦娥應悔偷靈藥，碧海青天夜夜心。」

【評説】

胡仔《苕溪漁隱叢話》前集卷五十引釋惠洪《冷齋夜話》：少游元豐初夢中作長短句曰「指點虚無征路……」既覺，使侍兒歌之，蓋《雨中花》也。

一叢花

年時今夜見師師〔一〕，雙頰酒紅滋〔二〕。疏簾半捲微燈外，露華上〔三〕，煙裊涼颸〔四〕。簪髻亂拋，偎人不起，彈淚唱新詞。

佳期誰料久參差，愁緒暗縈絲〔五〕。想應妙舞清歌罷，又還對、秋色嗟咨。惟有畫樓，當時明月，兩處照相思〔六〕。

【箋注】

此詞寫昔日與妓女師師之歡愛及闊別後之相思。

〔一〕年時，《詩詞曲語辭匯釋》卷六「年時」條云：「猶云當年或那時也。」師師，夏承燾《張子野年譜》云：「《升庵合集》一六一《詞品拾遺》云：『師師汴京名妓，張子野爲製新詞，名師師令。』」

（鮑刻《子野詞》卷一，此調注題「春興，一作贈美人」。）按子野不及下見宣和李師師。秦觀《淮海長短句》上有《一叢花》云：「年時今夜見師師，雙頰酒紅滋」。晏幾道《小山詞》有《生查子》云：「遍看潁川花，不似師師好。」「醉後莫回家，借取師師宿。」皆非宣和李師師。唐人孫棨爲《北里志》記平康妓亦有李師師。師師蓋不僅一人也。友人任銘善云：「《李師師傳》：『汴俗，凡男女生，父母愛之，必爲捨身佛寺，爲佛弟子者，俗呼爲師。故名之曰師師。』」據此，詞調中之《師師令》，殆與《女冠子》同類。」按此説是。又《醉翁談録》有「三妓挾耆卿作詞」，其一妓名張師師，可見宋時稱師師者，絶非僅見。

〔二〕雙頰句，酒後臉頰紅潤。蘇軾《縱筆三首》之一：「小兒誤喜朱顔在，一笑哪知是酒紅。」

〔三〕露華，露珠。李白《清平調》：「雲想衣裳花想容，春風拂檻露華濃。」

〔四〕凉颸，凉風。《説文》：「颸，凉風也。」謝朓《在郡卧病呈沈尚書》：「珍簟清夏室，輕扇動凉颸。」

〔五〕縈絲，縈繞。

〔六〕當時兩句，謂明月依舊，人各一方。杜甫《月夜》詩：「今夜鄜州月，閨中只獨看。遥憐小兒女，未解憶長安。香霧雲鬟濕，清輝玉臂寒。何時倚虚幌，雙照淚痕乾。」此用其意。

【評説】

楊慎《詞品·拾遺》：李師師，汴京名妓。張子野爲製新詞，名《師師令》，略云：「蜀綵衣長勝未起，縱亂雲垂地。」「正值殘英和月墜，寄此情千里。」秦少游（按：當爲晏幾道）亦贈之詞云：「看遍潁川花，不似師師好。」後徽宗微行幸之。見《宣和遺事》。

鼓笛慢

亂花叢裏曾攜手，窮艷景，迷歡賞〔一〕。到如今，誰把雕鞍鎖定，阻遊人來往。好夢隨春遠，從前事、不堪思想。念香閨正杳〔二〕，佳歡未偶，難留戀、空惆悵。永夜嬋娟未滿〔三〕，歎玉樓、幾時重上〔四〕。那堪萬里，却尋歸路，指陽關孤唱〔五〕。苦恨東流水，桃源路、欲回雙槳〔六〕。仗何人，細與丁寧問呵，我如今怎向〔七〕。

【箋注】

詞中云「那堪萬里，却尋歸路，指陽關孤唱」，似爲元符二年（一〇九九）所作。此年少游在横州，可謂萬里之外也。而歸路未就，反再徙雷州，此非陽關孤唱耶？明此，則知詞雖寫艷情相思，實借此詠身世之感也。横州，舊治在今廣西横縣。

〔一〕歡賞，歡暢。謝靈運《鞠歌行》：「心歡賞兮歲易淪，隱玉藏彩疇識真。」

〔二〕香閨，女子卧室。陶翰《柳陌聽早鶯》：「乍使香閨静，偏傷遠客情。」

〔三〕嬋娟，形容景物美好貌。孟郊《嬋娟篇》：「花嬋娟，泛春泉；竹嬋娟，籠曉煙；妓嬋娟，不長妍；月嬋娟，真可憐。」後用指月亮。如蘇軾《水調歌頭》：「但願人長久，千里共嬋娟。」

〔四〕玉樓，華麗樓房。《十洲記》：「昆崙山一角有城，『城上安金臺五所，玉樓十二所。』」

〔五〕陽關，古關名，在甘肅敦煌西。王維《渭城曲》詩：「勸君更進一杯酒，西出陽關無故人。」又稱「陽關三叠」。少游遠謫，無人相送，故曰孤唱。

〔六〕桃源路，以劉、阮入天台故事，喻昔日歡樂。《太平御覽》四十一引《幽明录》：「漢明帝永平五年，剡縣劉晨、阮肇共入天台山取穀皮，迷不得返。經十三日，糧食乏盡，飢餒殆死。遥望山上有一桃樹，大有子實，而絶巖邃澗，永無登路。攀援藤葛，乃得至上，各噉數枚，而飢止體充。復下山，持杯取水，欲盥漱，見蕪菁葉從山腹流出，甚鮮新。復一杯流出，有胡麻飯糁。相謂曰：『此知去人徑不遠。』便共没水，逆流二三里，得度山出一大溪，溪邊有二女子，資質妙絶。見二人持杯出，便笑曰：『劉阮二郎，捉向所失流杯來。』晨、肇既不識之，緣二女便呼其姓，如似有舊。乃相見忻喜，問：『來何晚耶？』因邀還家。……十日後，欲求還去。女云：『君已來是，宿緣所牽，何復欲還耶？』遂停半年。氣候草木是春時，百鳥啼鳴，更懷悲思，求歸甚苦。……集會奏樂，共送劉阮，指示還路。既出，親舊零落，邑屋改異，無復相識。問訊得七世孫，傳聞上世入山迷不得歸。至晋太元八年，忽復去，不知何所。」亦兼切陶淵明《桃花源記》事。

〔七〕怎向，奈何。參見《八六子》箋注。

促拍滿路花

露顆添花色〔一〕，月彩投窗隙①〔二〕。春思如中酒〔三〕，恨無力。洞房咫尺〔四〕，曾寄青鸞翼〔五〕。雲散無蹤跡〔六〕。羅帳薰殘②〔七〕，夢回無處尋覓〔八〕。輕紅膩白〔九〕，步步熏蘭澤〔一〇〕。約腕金環重〔一一〕，宜裝飾。未知安否，一向無消息〔一二〕。不似尋常憶，憶後教人，片時存濟不得〔一三〕。

【校記】

①〔窗隙〕彊村本作「霜隙」。②〔薰殘〕龍本作「春殘」。

【箋注】

此爲憶念情人之作。

〔一〕露顆，露珠。

〔二〕月彩，月亮的光澤。沈約《齊竟陵王題佛光記》：「日華月彩，照耀天外。」

〔三〕春思，春情、春心。元稹《上陽白髮人》：「撩花狎鳥含春思。」中酒，酒醉。杜牧《睦州四韻》：「殘春杜陵夢，中酒落花前。」

〔四〕洞房，深邃之内室。《楚辭・招魂》：「姱容修態，絙洞房兮。」或指互通之室。庾信《小園賦》：「豈必連闤洞房，南陽樊重之第。」又多指新婚卧室。如朱慶餘《近試上張籍水部》：「洞房昨夜停紅燭，待曉堂前拜舅姑。」此指情人卧室。咫尺，形容極近。韋莊《浣溪沙》詞：「咫尺畫堂深似海。」洞房咫尺，謂室邇人杳。

〔五〕青鸞翼，指信使。青鸞，傳説中青色鳳鳥。《洽聞記》：「光武時有大鳥，高五尺，五色具備而多青。詔問百僚，咸以爲鳳。太史令蔡衡對曰：『凡象鳳者五，多赤色者鳳，多青色者鸞。此青者乃鸞，非鳳也。』」《漢武故事》：「七月七日，上於承華殿齋，正中，忽有一青鳥從西方來集殿前。上問東方朔，朔曰：『此西王母欲來也。』」後以青鳥代信使，本此。

〔六〕宋玉《高唐賦》：「昔者楚襄王與宋玉遊於雲夢之臺，望高唐之觀，其上獨有雲氣，崪兮直上，忽兮改容，須臾之間，變化無窮。王問玉曰：『此何氣也？』玉對曰：『所謂朝雲者也。』王曰：『何謂朝雲？』玉曰：『昔者先王嘗遊高唐，怠而晝寢，夢見一婦人曰：「妾，巫山之女也。爲高唐之客。聞君遊高唐，願薦枕席。」王因幸之。去而辭曰：「妾在巫山之陽，高丘之阻，旦爲朝雲，暮爲行雨。朝朝暮暮，陽臺之下。」旦朝視之，如言。故爲立廟，號曰『朝雲』。』」後以雲雨喻男女歡合。雲散，指分離。

〔七〕薰殘，人去而芳香猶存。薰，芳香。

〔八〕夢回，夢醒。李璟《浣溪沙》：「細雨夢回鷄塞遠，小樓吹徹玉笙寒。」

〔九〕輕紅膩白，韓偓《落花》詩：「縐白離情高處切，膩紅愁態静中深。」此處形容女方之美。

〔一〇〕熏蘭澤，一種香脂。宋玉《神女賦》：「沐蘭澤，含若芳。」李善注：「以蘭浸油澤以涂頭。」蘭澤亦稱薰澤。《新唐書·列女傳》記李德武妻裴淑英「居不御蘭澤。」

〔一一〕約腕，戴在手腕上。曹植《美女篇》：「攘袖見素手，皓腕約金環。」

〔一二〕一向，許久。《詩詞曲語辭匯釋》卷三「一向」(三)：「一向，指示時間之辭。有指多時者，有指暫時者。秦觀《促拍滿路花》詞『未知安否，一向無消息』，此猶云許久。」

〔一三〕存濟，安穩。《詩詞曲語辭匯釋》卷五「存濟」條云：「安頓或措置之義。」又引此詞此句曰：「此意云身心安頓不得也。」

長相思①

鐵甕城高〔一〕，蒜山渡闊〔二〕，干雲十二層樓〔三〕。開尊待月〔四〕，掩箔披風〔五〕，依然燈火揚州〔六〕。綺陌南頭〔七〕，記歌名宛轉〔八〕，鄉號温柔〔九〕。曲檻俯清流。想花陰，誰繫蘭舟。念凄絶秦弦〔一〇〕，感深荆賦②〔一一〕，相望幾許凝愁〔一二〕。勤勤裁尺素，奈雙魚難渡瓜洲〔一三〕。曉鑒堪羞〔一四〕。潘鬢點吴霜漸稠〔一五〕。幸于飛鴛鴦未老，不應同是悲秋③〔一六〕。

【校記】

①〔調名〕彊村本賀方回詞收此首，調名作「望揚州」。②〔荆賦〕王本作「荆璞」。③〔不應同是悲秋〕張本、胡本、鄧本、毛本「不」下五字皆脱。四庫本此句僅「綢繆」二字。

【箋注】

此詞又見賀方回詞集。唐圭璋《宋詞四考·宋詞互見考》：「按此首秦觀詞，見《淮海詞》，用賀方回韻，楊補之亦有次賀方回韻。惟今本《東山詞》殘缺不全，原韻竟佚而不見也。」此詞詠潤州事。潤州，治所即今江蘇鎮江市。

〔一〕鐵甕城，即鎮江古城，孫權時築。《鎮江府志》：「子城，吴大帝所築，内外甃以甓，號鐵甕城。」杜牧《潤州二首》之二云：「城高鐵甕横强弩。」

〔二〕蒜山渡，蒜山渡口。蒜山，在鎮江西，臨江。劉禎《京口記》：「蒜山無峰，嶺北懸臨江中，魏文帝南望而致嘆。」

〔三〕干雲，觸雲。司馬相如《子虚賦》：「其山則交錯糾紛，上干青雲。」

〔四〕開尊，斟酒。孟浩然《晚春》詩：「酒伴來相命，開樽共解酲。」

〔五〕掩箔披風，放下簾子出門當風而立。

〔六〕燈火揚州，楊蟠《金山》：「天末樓臺横北固，夜深燈火見揚州。」

〔七〕綺陌南頭，猶云南陌，華麗之街市南端。盧照鄰《長安古意》：「北堂夜夜人如月，南陌朝朝騎似雲。」北堂、南陌，俱指妓女所居。

〔八〕歌名宛轉，《樂府詩集》卷六十劉妙容《宛轉歌》二首，引《續齊諧記》曰：「晋有王敬伯者，會稽餘姚人。少好學，善鼓琴。年十八，仕於東宫爲衛佐。休假還鄉，過吴，維舟中渚，登亭望月，悵然有懷，乃倚琴歌《泫露》之詩。俄聞户外有嗟賞聲，見一女子，雅有容色，謂敬伯曰：『女郎悦君之琴，願共撫之』，敬伯許焉。既而女郎至，姿質婉麗，綽有餘態，從以二少女。一則向先至者。女郎乃撫琴揮弦，調韻哀雅，類今之登歌。曰：『古所謂楚明君也，唯嵇叔夜能爲此聲。自兹以來，傳習數人而已。』復鼓琴歌遲風之詞，因歎息久之。乃命大婢酌酒，小婢彈箜篌，作《宛轉歌》。女郎脱頭上金釵，扣琴而和之，意韻繁諧。歌凡八曲，敬伯唯憶二曲。」

〔九〕鄉號温柔，即温柔鄉，指美色享樂之境。《飛燕外傳》：「是夜進合德，帝大悦。以輔觸體，無所不靡，謂爲温柔鄉。謂樊嫕曰：『吾老是鄉矣，不能效武皇帝求白雲鄉也。』」

〔一〇〕秦弦，筝。傳爲蒙恬所創。李斯《諫逐客書》：「夫擊甕扣缶，彈筝搏髀，而歌呼嗚嗚快耳目者，真秦之聲也。」李白《古風五十九》之五十五：「齊瑟彈東吟，秦弦弄西音。」

〔一一〕荆賦，即楚賦。指屈原賦，或宋玉賦。

〔一二〕凝愁，深愁。《詩詞曲語辭匯釋》卷五引《八聲甘州》詞：「怎知我，倚欄杆處，正恁凝愁。」「凝愁，愁之不已，深愁也。」

〔一三〕尺素，雙魚，皆指書信。古樂府《飲馬長城窟行》：「客從遠方來，遺我雙鯉魚。呼童烹鯉魚，中有尺素書。」瓜洲，指瓜州渡，爲揚州至鎮江重要渡口。

〔一四〕曉鑒，猶言曉鏡。杜牧《代吴興妓春初寄薛參軍》：「自悲臨曉鏡，誰與惜流年？」此處爲清曉對鏡。如李商隱《無題》：「曉鏡但愁雲鬢改，夜吟應覺月光寒。」

〔一五〕潘鬢句，謂自己如潘安鬢髮早白。潘岳《秋興賦序》：「余春秋三十有二，始見二毛。」吴霜，吴地之霜，喻白髮。李賀《還自會稽歌》：「吴霜點歸鬢，身與塘蒲晚。」

〔一六〕幸于飛二句，謂同效于飛之鴛鴦尚未老，不須有衰老之愁也。不應，《詩詞曲語辭匯釋》卷三「不應」條：「猶云不須也。」

滿庭芳（三首）

山抹微雲〔一〕，天連衰草①〔二〕，畫角聲斷譙門〔三〕。暫停征棹〔四〕，聊共引離罇〔五〕。多少蓬萊舊事〔六〕，空回首、煙靄紛紛〔七〕。斜陽外，寒鴉萬點②，流水繞孤村〔八〕。銷魂〔九〕，當此際，香囊暗解〔一〇〕，羅帶輕分〔一一〕。謾贏得、青樓薄幸名存〔一二〕。此去何時見也，襟袖上、空惹啼痕③〔一三〕。傷情處，高城望斷，燈火已黄昏〔一四〕。

【校記】

①〔天連〕毛本、四庫本、王本作「天粘」。詞末注云：「天粘衰草，今本改粘作連，非也。韓文：『洞庭漫汗，粘天無壁。』張祜詩：『草色粘天鶗鴂恨。』山谷詞：『遠水粘天吞釣舟。』邵博詩：『平浪勢粘天。』趙文升詞：『玉關芳草粘天碧。』嚴次山詞：『粘雲紅影傷千古。』葉夢得詞：『浪粘天蒲桃漲緑。』劉行簡詞：『山翠欲粘天。』劉叔安詞：『暮煙細草粘天遠。』粘字極工，且有出處。若作連天，是小兒之語也。」　②〔萬點〕張本、胡本、鄧本、毛本、四庫本、王本作「數點」。　③〔空惹〕毛本、四

庫本作「空染」。

【箋注】

此當爲元豐二年（一〇七九）冬離會稽時作。查《淮海集》，少游在會稽作詩甚多。時少游與會稽守程公辟（名師孟）相得甚歡，其臨别自有無限惆悵。且少游此時未仕，負才抑鬱，情緒亦難免低沉。又其《别程公辟給事》詩云：「人物風流推鎮東，夕郎持節作元戎。樽前倦客劉師命，月下清歌盛小叢。裘弊黑貂霜正急，書傳黄犬歲將窮。買舟江上辭公去，回首蓬萊夢寐中。」語氣與詞頗相類，故可定爲此年冬所作。

〔一〕山抹微雲，作者集中元豐二年有《與子瞻、參寥會松江得浪字》詩云：「離離雲抹山，窅窅天粘浪。」

〔二〕天連衰草，杜牧《奉和門下相公送西川相公兼領相印出鎮全蜀詩十八韻》：「回首峥嶸盡，連天草樹芳。」似即所本。

〔三〕畫角，古代軍中吹奏樂器。因外施彩畫，故名。《太平御覽》引《宋樂志》曰：「角長五尺，形如竹筒，本細末稍大，未詳所起。今鹵簿及軍中用之，或以竹木，或以皮爲之，無定制。按古軍法有吹角，此器俗名拔邏回，蓋胡虜警軍之音，所以書傳無之。海内離亂，至侯景圍臺城方用之也。」梁簡文帝《折楊柳》詩：「城高短簫發，林空畫角悲。」譙門，見《望海潮》之二注。

〔四〕征棹，行舟。庾信《應令》詩：「浦喧征棹發，亭空送客還。」

〔五〕引離罇，離別時飲酒。引，持。罇，酒器。杜甫《別李義》：「正宜且聚集，恨此當離樽。」罇、樽同。

〔六〕蓬萊，蓬萊閣，此代會稽。元稹《以州宅夸於樂天》：「我是玉皇香案吏，謫居猶得住蓬萊。」微之嘗鎮越，故云。

〔七〕煙靄，雲氣。岑參《東歸發犍爲至泥溪舟中作》：「煙靄吴楚連，溯沿湖海通。」

〔八〕寒鴉兩句，借用隋煬帝詩斷句：「寒鴉千萬點，流水繞孤村。」

〔九〕銷魂，極度悲傷或快樂時心神動蕩之貌。江淹《別賦》：「黯然銷魂者，唯別而已矣。」

〔一〇〕香囊暗解，私下解除香囊相贈。香囊，盛香料之小袋。《世説新語・假譎》：「謝遏（按即謝玄）年少時好著紫羅香囊，垂覆手。太傅患之，而不欲傷其意，乃譎與賭，得即燒之。」繁欽《定情詩》：「何以致叩叩，香囊繫肘後。」

〔一一〕羅帶輕分，將羅帶輕輕解下贈別。羅帶，絲織帶子，女子所用飾物。韓愈《送桂州嚴大夫》：「江作青羅帶，山如碧玉簪。」

〔一二〕謾，《詩詞曲語辭匯釋》卷二「漫一」條云：「漫，本爲漫不經意之漫，爲聊且義或胡亂義，轉變而爲徒義或空義。字亦作謾，又作慢。」按，此處即爲徒、空之義。

〔一三〕襟，衣之交領。實指衣之前幅。沈約《謝敕賜絹葛啓》：「變溽暑於閨閣，起凉風於襟袖。」

〔一四〕高城二句，歐陽詹《初發太原途中寄太原所思》：「高城已不見，况復城中人。」白居易《江樓夕望招客》：「燈火萬家城四畔。」

【評説】

何士信《草堂詩餘》卷三引《侯鯖録》云：晁無咎云，比來作者，皆不及秦少游。如「斜陽外寒鴉數點，流水遶孤村」，雖不識字，亦知是天生好言語也。

《草堂詩餘》卷三引《藝苑雌黄》云：程公闢守會稽，少游客焉，館之蓬萊閣。一日，席上有所悦，自爾眷眷，不能忘情。因賦長短句，所謂「多少蓬萊舊事，空回首烟靄紛紛」是也。其詞極爲東坡所稱道，取其首句，呼之爲「山抹微雲君」。中間有「寒鴉數點，流水遶孤村」之句，人皆以爲少游自造此語，殊不知亦有所本。予在臨安，見平江梅知録云隋煬帝詩云：「寒鴉千萬點，流水遶孤村。」少游用此語也。

蔡絛《鐵圍山叢談》：范仲温字元實。常預貴人家會，貴人有侍兒，喜歌秦少游長短句，坐間累不顧温。酒酣歡洽，始問此郎何人？温遽起叉手對曰：「某乃『山抹微雲』女壻也。」聞者絶倒。

葉夢得《避暑録話》下：秦觀少游，亦善爲樂府，語工而入律，知樂者謂之作家歌，元豐間盛行于淮楚。「寒鴉千萬點，流水繞孤村。」本隋煬帝詩也，少游取以爲《滿庭芳》辭。而首言「山抹微雲，天粘衰草」，尤爲當時所傳。蘇子瞻于四學士中，最善少游。故他文未嘗不極口稱善，豈特樂府。然猶以氣格爲病，故常戲云：「山抹微雲秦學士，露花倒影柳屯田」。露花倒影，柳永《破陣子》語也。

吴曾《能改齋漫録》卷十六「杭妓琴操」：杭之西湖有一倅，閒唱少游《滿庭芳》，偶然誤舉一韻云：「畫角聲斷斜陽」，妓琴操在側，云：「畫角聲斷譙門，非斜陽也。」倅因戲之曰：「爾可改韻否？」琴即改作陽字韻云：「山抹微雲，天連衰草，畫角聲斷斜陽。暫停征轡，聊共飲離觴。多少蓬萊舊侶，頻回首，烟靄茫茫。孤村裏，寒鴉萬點，流水遶低墻。銷魂，當此際，輕分羅帶，暗解香囊。漫贏得秦樓，薄倖名狂。此去何時見也？襟袖上空有餘香。傷心處，高城望斷，燈火已昏黄。」東坡聞而稱賞之。

王世貞《藝苑卮言》：「寒鴉千萬點，流水繞孤村」，隋煬帝詩也。「寒鴉數點，流水繞孤村」，少游詞也。語雖蹈襲，然入詞尤是當家。

顧從敬、沈際飛《草堂詩餘正集》：人之情，至少游而極，結句「已」字，情波幾叠。

朱彝尊《詞綜發凡》：「山抹微雲秦學士」「露花倒影柳屯田」「曉風殘月柳三變」「滴粉搓酥左與言」。一句之工，形諸口號，當日風尚所存，甄藻自爾不爽。

陳廷焯《白雨齋詞話》：少游《滿庭芳》諸闋，大半被放後作，戀戀故國，不勝熱中。其用心不逮東坡忠厚，而寄情之遠，措語之工，則各有千古。

徐釚《詞苑叢談》卷三：秦少游自會稽入京，見東坡，坡云：「久別當作文甚勝，都下盛唱公『山抹微雲』之詞」，秦遜謝。坡遽云：「不意別後，公卻學柳七。」秦答曰：「某雖無識，亦不至是，先生之言無乃過乎？」坡云：「銷魂當此際，非柳詞句法乎？」秦慚服。

周濟《宋四家詞選》：將身世之感，打并入艷情，又是一法。

譚獻《譚評詞辨》：淮海在北宋，如唐之劉文房。下闋不假雕飾，水到渠成，非平鈍所能藉口。

俞陛雲《唐五代兩宋詞選釋》：起三句寫凉秋風物，一片蕭颯之音已隱含離思。四、五兩句叙明停鞭餞别，此後若接寫别離，便落恒徑。作者用拓蕩之筆，追懷往事，局勢振起，且不涉兒女語，而托之蓬島煙雲，尤見超逸。「斜陽外」三句，傳神綿渺，向推雋永。下闋純叙離情。結筆返棹歸來，登城遥望征帆，已隔數重煙浦，闌珊燈火，只益人悲耳。

其二①

紅蓼花繁〔一〕，黄蘆葉亂〔二〕，夜深玉露初零〔三〕。霽天空闊〔四〕，雲淡楚江清〔五〕。獨棹孤篷小艇〔六〕，悠悠過、煙渚沙汀〔七〕。金鉤細〔八〕，絲綸慢捲〔九〕，牽動一潭星〔一〇〕。　時時横短笛，清風皓月〔一一〕，相與忘形〔一二〕。任人笑生涯，泛梗飄萍〔一三〕。飲罷不妨醉卧，塵勞事有耳誰聽〔一四〕。江風静，日高未起，枕上酒微醒。

【校記】

①〔其二〕張本、胡本、鄧本、毛本、四庫本、王本作「又」。

【箋注】

此首又見張先詞集。唐圭璋《宋詞四考·宋詞互見考》云：「按此首秦觀詞，見《淮海居士長短句》，不知何以又誤入子野詞。」此詞寫秋江漁父生活，詞内有「楚江」云云，或爲紹聖三年（一〇九六）或四年徙居郴州時所作。

〔一〕蓼，一種生長水邊之草本植物。花淡紅，故稱紅蓼。杜荀鶴《題新雁》：「暮天新雁起汀洲，紅蓼花開水國秋。」

〔二〕黄蘆，即蘆葦。水邊草本植物。白居易《琵琶行》：「黄蘆苦竹繞宅生。」

〔三〕玉露初零，露珠開始下落。杜牧《秋日偶題》：「玉露滴初泣，金風吹更愁。」

〔四〕霽天，晴天。宋之問《玩郡齋海榴》：「澤國韶氣早，開簾延霽天。」

〔五〕楚江，古楚地河流。李白《望天門山》：「天門中斷楚江開。」

〔六〕獨棹句，獨摇小蓬船。元稹《别李十一五絶》之五：「獨棹破船歸到州。」皮日休《魯望以輪鉤相示緬懷高致因作三篇》之三云：「孤蓬半夜無餘事，應被嚴灘聒酒醒。」

〔七〕煙渚，水中瀰漫霧氣之小洲。孟浩然《宿建德江》：「移舟泊煙渚。」沙汀，水邊沙灘。梁元帝《燕歌行》：「沙汀夜鶴嘯羈雌。」

〔八〕金鉤，指釣鉤。潘尼《釣賦》：「金鉤歷鉅，甘餌垂芬。」

〔九〕絲綸慢捲，以釣輪收卷釣線。陸龜蒙《釣車》詩：「旋屈金鉤劈翠筠，手中盤作釣金輪。」

〔一〇〕牽動句，杜荀鶴《山居自遣》詩：「月在釣潭秋睡重。」近似，唯彼爲月，此爲星也。

〔一一〕清風皓月，李白《襄陽歌》：「清風朗月不用一錢買。」

〔一二〕忘形，不拘形跡。《莊子·讓王》：「故養志者忘形，養形者忘利。」杜甫《醉時歌》：「忘形到尔汝，痛飲真吾師。」

〔一三〕生涯，生活。劉長卿《過湖南羊處士別業》：「杜門成白首，湖上寄生涯。」泛梗飄萍，喻動蕩不定。駱賓王《晚憩田家》：「旅行悲泛梗，離贈折疏麻。」韓愈《和崔舍人詠月二十韻》：「净堪分顧兔，細得數飄萍。」

〔一四〕塵勞事，世俗勞碌之務。昭明太子《僧正》詩：「何因動飛轡，暫使塵勞輕。」

其三①

碧水驚秋②〔一〕，黄雲凝暮，敗葉零亂空階。洞房人静，斜月照徘徊〔二〕。又是重陽近也〔三〕，幾處處砧杵聲催〔四〕。西窗下，風摇翠竹，疑是故人來〔五〕。　傷懷，增悵望，新歡易失，往事難猜。問籬邊黄菊，知爲誰開。謾道愁須殢酒〔六〕，酒未醒、愁已先回。憑闌久，金波漸轉〔七〕，白露點蒼苔。

【校記】

①〔其三〕張本、胡本、鄧本、毛本、四庫本、王本作「又」。　②〔驚秋〕王本作「澄秋」。

【箋注】

此詞寫秋思。

〔一〕驚秋，驚覺秋臨。杜牧《早秋客舍》：「風吹一片業，萬物已驚秋。」

〔二〕斜月句，李白《月下獨酌》：「我歌月徘徊，我舞影零亂。」

〔三〕重陽，即陰曆九月九日，又名重九。《荆楚歲時記》：「九月九日，四民並藉野飲宴。按杜公瞻云：九月九日宴會，未知起於何代，然自漢至宋未改。今北人亦重此節，佩茱萸，食餌飲菊花酒，云令人長壽。近代皆設宴於臺榭。」又《續齊諧記》云：「汝南桓景，隨費長房遊學。長房謂之曰：『九月九日，汝家中當有災厄。急令家人縫囊，盛茱萸，繫臂上，登山飲菊花酒，此禍可消。』景如言，舉家登山，夕還，見鷄犬牛羊一時暴死。長房聞之曰：『此可代也。』今世人九日登高飲酒，婦人帶茱萸囊，蓋始於此。」

〔四〕砧杵，搗衣具，亦指搗衣。砧，墊石。杵，捶棒。樂府《子夜秋歌》：「佳人理寒服，萬結砧杵勞。」

〔五〕西窗下三句，元稹《鶯鶯傳》：「待月西廂下，迎風户半開，拂窗花影動，疑是故人來。」

〔六〕謾道，徒説，枉説。謾，參見《滿庭芳》注。愁須殢酒，謂憂愁時須耽溺於酒，自可消愁。殢，參見《夢揚州》注。

〔七〕金波，月光。《漢書·禮樂志》：「月穆穆以金波。」顔師古注：「言月光穆穆，若金之波流也。」謝朓《暫使下都夜發新林至京邑贈西府同僚》：「金波麗鳷鵲，玉繩低建章。」

【評説】

顧從敬、沈際飛《草堂詩餘正集》卷三：經少游手隨分鋪寫，定爾閒雅高適。

黄蘇《蓼園詞選》：亦應是在謫時作。「風摇」二句，寫得藴藉。非故人也，風也，能弗黯然？「酒未醒，愁先回」，意亦曲而能達。結句清遠。

江城子（三首）①

西城楊柳弄春柔〔一〕，動離憂，淚難收。猶記多情曾爲繫歸舟〔二〕。碧野朱橋當日事〔三〕，人不見〔四〕，水空流。　韶華不爲少年留〔五〕。恨悠悠，幾時休〔六〕。飛絮落花時候、一登樓〔七〕。便做春江都是淚，流不盡，許多愁〔八〕。

【校記】

①［調名］毛本、四庫本無「三首」二字。

【箋注】

此詠春日別愁。

〔一〕西城句，西城，離別之處。王安石《書會别亭》：「西城路。居人送客西歸處。年年借問去何時？今日扁舟從此去。」弄春柔，指春日柳枝迎風飄舞。徐鉉《柳枝》：「毿毿金線弄春姿。」

〔二〕猶記句，以柳樹舊時曾繫歸舟，因擬爲多情者。唐彦謙《詠柳》：「晚來飛絮如霜鬢，恐爲多情管别離。」

〔三〕碧野朱橋，指遊樂之地。盧綸《送陝西王司法》：「粉郭朝喧市，朱橋夜掩津。」

〔四〕人不見，李白《送別》詩：「雲帆望遠不相見，日暮長江空自流。」

〔五〕韶華，青春時光。白居易《香山居士寫真》：「勿嘆韶華子，俄成皤叟仙。」

〔六〕恨悠悠二句，白居易《長相思》詞：「思悠悠，恨悠悠，恨到歸時方始休。」

〔七〕飛絮句，馮延巳《江城子》詞：「飛絮落花時候近清明。」

〔八〕便做三句，此處從李煜《虞美人》「問君能有幾多愁？恰似一江春水向東流」化出。又蘇軾有《虞美人》：「無情汴水自東流，只載一船離恨向西州」，意亦近似。李易安《武陵春》云：「只恐雙溪蚱蜢舟，載不動，許多愁。」又效少游此句。便做，便使。《詩詞曲語辭匯釋》卷一「做」字條云：「凡云便做，皆猶云便使或就使也。」

【評説】

張綖本《淮海集》此詞附注：詞人佳句多是翻案古人語。如淮海此詞「便做春江都是淚，流不盡，許多愁」，可謂警句。雖用李密數隋檄語，亦自李後主「問君能有幾多愁，恰似一江春水向東流」變化。名家如此類者，不可枚舉，亦一法也。

顧從敬、沈際飛《草堂詩餘正集》卷二：李後主「問君能有幾多愁？恰似一江春水向東流」，少游翻之，文人之心，浚於不竭。

其二①

南來飛燕北歸鴻〔一〕，偶相逢，慘愁容。緑鬢朱顔，重見兩衰翁〔二〕。别後悠悠君莫問，無限事，不言中。　小槽春酒滴珠紅〔三〕。莫匆匆，滿金鐘〔四〕。飲散落花流水各西東〔五〕。後會不知何處是，煙浪遠②，暮雲重。

【校記】

①〔其二〕張本、胡本、鄧本、毛本、四庫本、王本作「又」。　②〔煙浪〕王本作「煙淡」。

【箋注】

此詞當爲南徙途中逢北歸友人所作。詞中自稱「衰翁」，應爲五十歲左右語，故當爲元符元年（一〇九八）前後作。

〔一〕南來句，此爲比興，自比南飛燕，而比友人爲北歸鴻也。江總《東飛伯勞歌》：「南飛烏鵲北飛鴻。」樂府《東飛伯勞歌》：「東飛伯勞西飛燕，黄姑織女時相見。」

〔二〕緑鬢朱顔，即黑髮紅顔，指少年。喬知之《從軍行》：「况復落紅顔，蟬聲催緑鬢。」

〔三〕小槽，榨酒工具。春酒，美酒。珠紅，酒名，即珍珠紅。李賀《將進酒》：「琉璃鐘，琥珀濃，小槽酒滴真珠紅。」

〔四〕金鐘，華美之酒器。歐陽修《定風波》詞：「把酒花前欲問公，對花何事訴金鐘？」

〔五〕飲散句，李煜《浪淘沙》詞：「流水落花春去也，天上人間。」李白《妾薄命》詩：「君情與妾意，各自東西流。」

其三①

棗花金釧約柔荑〔一〕，昔曾攜〔二〕，事難期。咫尺玉顏，和淚鎖春閨②〔三〕。恰似小園桃與李，雖同處，不同枝。　玉笙初度顫鸞篦〔四〕。落花飛，爲誰吹，月冷風高，此恨只天知。任是行人無定處，重相見，是何時。

【校記】

①［其三］張本、胡本、鄧本、毛本、四庫本、王本作「又」。　②［春閨］張本、胡本、鄧本、毛本、四庫本、王本皆作「金閨」。

【箋注】

此詞憶舊時情侶，分離後再難期會。

〔一〕棗花句，謂女手戴有鏤刻棗花之金釧。約，束，指腕上圈戴。劉禹錫《賈客詞》：「妻約雕金釧，女垂貫珠纓。」柔荑，嫩白之茅草。喻女手。《詩·衛風·碩人》：「手如柔荑。」

〔二〕昔曾攜，舊時曾攜手聚會。馮延巳《鵲踏枝》詞：「可惜舊歡攜手地，思量一夕成憔悴。」

〔三〕咫尺玉顔，謂情人甚近。《左傳・僖公九年》：「天威不違顔咫尺。」注曰：「八寸曰咫。」玉顔，美貌。宋玉《神女賦》：「貌豐盈以莊姝兮，蒼温潤之玉顔。」春閨，青春女子之閨房。陳陶《隴西行》：「可憐無定河邊骨，猶是春閨夢裏人。」

〔四〕玉笙句，謂吹奏玉笙則鸞篦顫動。玉笙，竹笙之美稱。笙，竹製簧管樂器。《宋書・樂志》：「漢章帝時，零陵文學奚景於舜祠得笙，白玉管。後世易之以竹。」度，吹奏也。鸞篦，鸞鳳形篦梳。李賀《秦宮詩》：「鸞篦奪得不還人，醉睡氍毹滿堂月。」王琦注：「篦所以去髮垢，以竹爲之。侈者易以犀象玳瑁之類。鸞篦必以鸞形象之也。」

滿園花

一向沉吟久〔一〕，淚珠盈襟袖①。我當初不合、苦撋就〔二〕，慣縱得軟頑〔三〕，見底心先有〔四〕。行待癡心守。甚撚著脈子〔五〕，倒把人來僝僽〔六〕。近日來非常羅皂醜〔七〕，佛也須眉皺〔八〕。怎掩得衆人口。待收了孛羅〔九〕，罷了從來斗。從今後，休道共我，夢見也、不能得勾〔一〇〕。

【校記】

①〔淚珠〕王本作「珠淚」。〔盈襟袖〕彊村本作「凝襟袖」。

【箋注】

此詞寫男女愛情糾葛，全用俗語，另是一格。

〔一〕一向句，一向，一味。《詩詞曲語辭匯釋》卷三「一向」條曰：「一向，猶云一味或一意也。」「一向沉吟，猶云一意沉吟也。」沉吟，思量、猶豫。

〔二〕苦撋就，太遷就。《詩詞曲語辭匯釋》卷二：「苦，甚辭。又猶偏也；極也；多或久也。」撋就，同書卷五云：「遷就或温存也。」并引此詞云：「苦撋就，猶云太遷就也。」黄庭堅《歸田樂引》詞云：「是人驚怪，冤我忒撋就。」

〔三〕慣縱得軟頑，《詩詞曲語辭匯釋》卷五「慣」條云：「縱容之義。」軟頑，猶言撒嬌。

〔四〕見底心先有，見得心先有。底，《詩詞曲語辭匯釋》卷一「底」條云：「與得同。」

〔五〕甚撚著脈子，甚，怎麽。撚著脈子，猶云捏著脈，摸著心病。

〔六〕倒把句，謂反把人來駡詈。僝僽，《詩詞曲語辭匯釋》卷五曰：「猶云慪氣或駡詈也。」黄庭堅《憶帝京》：「恐那人知後，鎮把你來僝僽。」

〔七〕羅皂，同「囉唣」，吵鬧，糾纏。

〔八〕佛也須眉皺，謂慈悲之神佛亦難以忍耐。

〔九〕收了句，謂斷絶念頭。朱居易《元劇俗語方言例釋》釋爲「收心、斷念、絶望。」

〔一〇〕不能得勾，不能够。勾，通「够」。

【評説】

沈謙《填詞雜説》：秦少游「一向沉吟久」，大類山谷《歸田樂引》，鏟盡浮詞，直抒本色，而淺人常以雕繪傲之。此等詞極難作，然亦不可多作。

淮海居士長短句中

迎春樂

菖蒲葉葉知多少〔一〕，惟有個蜂兒妙。雨晴紅粉齊開了〔二〕，露一點，嬌黃小〔三〕。　早是被曉風力暴，更春共斜陽俱老〔四〕。怎得香香深處①，作個蜂兒抱〔五〕。

【校記】

①〔香香〕張本、胡本、鄧本、毛本、四庫本、王本作「花香」。并注云：「花香原作杳香，恐是當時語。」

【箋注】

此詞詠蜜蜂採菖蒲花。

〔一〕菖蒲，草本植物，常生水邊。根淡紅色，葉如劍形，夏日開淡黃色花。古時詠菖蒲者頗多。謝靈運《於南山往北山經湖中瞻眺》：「新蒲含紫茸。」李善注：「《倉頡篇》曰，茸，草貌。然此茸，謂蒲花也。」李白《送楊山人歸嵩山》：「爾去掇仙草，菖蒲花紫茸。」《太平廣記》卷十引《神仙傳》：「王興者，陽城人也。居壺谷中，乃凡民也，不知書，無學道意。漢武上嵩山，登大愚石室，起道宮。使董仲舒、東方朔等，齋潔思神。至夜忽見有仙人，長二丈，耳出頭巔，垂下至肩。

武帝禮而問之，仙人曰：『吾九嶷之神也。聞中岳石上菖蒲，一寸九節，可以服之長生，故來採耳。』忽然失神人所在。帝顧侍臣曰：『彼非復學道服食者，必中岳之神以喻朕耳。』爲之採菖蒲服之，經二年，帝覺悶不快，遂止。時從官多服，然莫能持久。惟王興聞仙人教武帝服菖蒲，乃採服之不息，遂得長生。」是古人以菖蒲花爲延年吉瑞之物，此詞義或取此。

〔二〕紅粉，指花。

〔三〕嬌黄，指菖蒲花。

〔四〕更春句，梅堯臣《蘇幕遮》詞：「滿地殘陽，翠色和煙老。」措語相似。

〔五〕蜂兒抱，指採花。韓偓《殘春旅社》：「樹頭蜂抱花鬚落，池綿魚吹柳絮行。」

【評説】

彭孫遹《金粟詩話》：柳耆卿「却傍金籠教鸚鵡，念粉郎言語」，花間之麗句也。稼軒「驀然回首，那人却在燈火闌珊處」，周秦之佳境也。少游「怎得香香深處，作個蜂兒抱」，亦近似柳七語矣。

沈雄《古今詞話·詞品》卷下：諛媚之極變爲穢褻，秦少游「怎得香香深處，作個蜂兒抱」，柳耆卿「願得妳妳蘭心蕙性，枕前言下表余深意」。所以「銷魂當此際」，來蘇長公之誚也。

陳廷焯《白雨齋詞話》：讀古人詞貴取其精華，遺其糟粕。且如少游之詞，幾奪温韋之席，而亦未嘗無纖俚之語。讀《淮海集》取其大者高者可也。若獨賞其「怎得香香深處，得個蜂兒抱」等句，則與山谷之「女邊著子，門裏安心」，其鄙俚纖俗，相去亦不遠矣！少游真面目何由見乎？

鵲橋仙

纖雲弄巧〔一〕，飛星傳恨〔二〕，銀漢迢迢暗度〔三〕。金風玉露一相逢〔四〕，便勝却人間無數〔五〕。　柔情似水〔六〕，佳期如夢〔七〕，忍顧鵲橋歸路〔八〕。兩情若是久長時，又豈在朝朝暮暮〔九〕。

【箋注】

此詞寫牛、女神話故事，讚美久長不衰之愛情。

〔一〕纖雲弄巧，縷縷雲彩做弄出巧妙形狀。纖雲，纖細之雲縷。傅玄《雜詩》：「纖雲時仿佛。」

〔二〕飛星，流星。傳恨，想擬之辭。以牽牛、織女兩星平時不得相會，相互間應有無限愁苦。

〔三〕銀漢，銀河，天河。《白帖》：「天河謂之銀漢，亦曰銀河。」迢迢暗度，傳説七月七日織女渡過銀河與牽牛相會。《詩·小雅·大東》：「維天有漢，監亦有光。跂彼織女，終日七襄。雖則七襄，不成報章。睆彼牽牛，不以服箱。」可見《詩經》中已將牛、女二星擬人化。此後更有種種神話。曹植《九詠》云：「乘回風兮浮漢渚，目牽牛兮眺織女，交有際兮會有期，嗟吾子兮來不時。」晉傅玄《擬天問》云：「七月七日，織女牽牛會天河。」《藝文類聚·歲時部》引吴均《續齊諧記》：「桂陽成武丁有仙道，謂其弟曰：『七月七日織女當渡河，諸仙悉還宮。』弟問曰：『織女何事當渡河？』答曰：『織女暫詣牽牛』。」可見漢魏間牛女故事已基本成型。此後詠「七夕」之作漸多。杜甫《牽牛織女》：「牽牛出河西，織女處其東。萬古永相望，七夕誰見同？神光竟難候，此事終蒙朧。颯然精靈合，何必秋遂逢！」秦詞似申杜意。

〔四〕金風句，指七夕相會。金風，秋風。玉露，白露。李商隱《辛未七夕》詩：「由來碧落銀河畔，可要金風玉露時？」

〔五〕便勝却句，謂相見雖少，然天長地久，情愛永在，勝過人間多矣！趙璜《七夕》（一作李郢詩）詩：「莫嫌天上稀相見，猶勝人間去不回。」此用其意。

〔六〕柔情似水，喻温柔多情之甚。宋之問《江亭晚望》詩：「望水知柔性，看山欲斷魂。」寇準《夜渡娘》詩：「日暮汀州一望時，柔情不斷如春水。」

〔七〕佳期如夢，佳會時恍若夢境。杜甫《羌村三首》之一：「夜闌更秉燭，相對如夢寐。」

〔八〕忍顧句，謂怎忍想到回去。鵲橋，織女渡銀河時，烏鵲相聚成橋。《歲華紀麗》卷三引《風俗通》：「織女七夕當渡河，使鵲爲橋。」

〔九〕朝朝暮暮，意爲每日每夜。宋玉《高唐賦》：「朝朝暮暮，陽臺之下。」

【評説】

黄蘇《蓼園詞選》：按七夕歌以雙星會少别多爲恨，少游此詞謂兩情若是久長，不在朝朝暮暮，所謂化臭腐爲神奇。凡詠古題，須獨出新裁，此固一定之論，少游以坐黨被謫，思君臣際會之難，因託雙星以寫意；而慕君之意，婉惻纏綿，令人意遠矣。

菩薩蠻

蟲聲泣露驚秋枕①〔一〕，羅幃淚濕鴛鴦錦〔二〕。獨卧玉肌凉〔三〕，殘更與恨長。陰風翻翠幔〔四〕，雨澀燈花暗〔五〕。畢竟不成眠，鴉啼金井寒。

【校記】

①［蟲聲］王本、龍本作「蛩聲」。

【箋注】

此詞寫閨人秋怨。

〔一〕蟲聲句，謂枕上聞蟲聲如泣，始驚秋臨。按蟲聲秋夜特甚，古詩文常以寫秋天。何遜《秋夕嘆白髮》：「月色臨窗樹，蟲聲當户樞。」歐陽修《秋聲賦》：「但聞四壁蟲聲唧唧，如助余之歎息。」驚秋，參見《滿庭芳》其三注。杜甫《夏日李公見訪》：「清風左右至，客意已驚秋。」

〔二〕鴛鴦錦，繡有鴛鴦之錦被。《古樂府》：「客從遠方來，遺我一端綺，文彩雙鴛鴦，裁爲合歡被。」

〔三〕玉肌，女性肌膚之美稱。李賀《河南府試十二月樂詞·正月》：「錦床曉卧玉肌冷，露臉未開對朝暝。」

〔四〕陰風，朔風，陰冷的風。顔延之《北使洛》：「陰風振涼野，飛雲瞀窮天。」杜甫《秋日荆南述懷三十韻》：「秋水漫湘竹，陰風過嶺梅。」翠幔，緑色帷幔。顧野王《艷歌行》：「窗開翠幔卷，妝罷金星出。」

〔五〕雨澀，細雨纏綿不爽。

減字木蘭花

天涯舊恨〔一〕，獨自淒涼人不問。欲見回腸〔二〕，斷盡金爐小篆香。　黛蛾長斂①〔三〕，任是春風吹不展②。困倚危樓，過盡飛鴻字字愁〔四〕。

【校記】

①〔黛蛾〕原作「黛娥」。從張本、胡本、鄧本、毛本、四庫本、王本改。　②〔春風〕張本、胡本、鄧本、毛本、四庫本、王本作「東風」。〔不展〕張本、胡本、鄧本、毛本作「不轉」。

【箋注】

此詞寫客子及思婦之離愁。

〔一〕天涯舊恨，指長期離鄉之愁苦。天涯，喻極遠之地。徐陵《在北齊與梁太尉王僧辯書》：「維桑與梓，翻若天涯。」

〔二〕欲見兩句，謂欲見其愁腸之回環曲折，但見金爐中篆香之形狀可知也。金爐，金屬香爐，用以爇香者。韓愈《奉和庫部盧四兄曹長元日朝回》詩：「金爐香動螭頭暗，玉珮聲來雉尾高。」篆香，又省稱篆，指製成篆文之香。洪芻《香譜》：「鏤木以爲之，以范香塵爲篆文，燃於飲席或佛像前。往往有至二三尺徑者。」

〔三〕黛蛾長斂，謂女子之眉頭常鎖。黛蛾，指眉。《隨遺録》：煬帝時「殿脚女争效爲長蛾眉，司官吏日給螺子黛五斛，號蛾緑。螺子黛出波斯國，每顆直十金。後征賦不足，雜以鉛黛給之。獨絳仙得賜螺黛不絶。」

〔四〕飛鴻句，謂飛鴻過去，皆成「人」字，徒增加相思之愁而已。謝靈運《登池上樓》：「潛虬媚幽姿，飛鴻響遠音。」

木蘭花①

秋容老盡芙蓉院〔一〕，草上霜花勻似剪。西樓促坐酒杯深〔二〕，風壓繡簾香不捲〔三〕。玉纖慵整銀箏雁〔四〕，紅袖時籠金鴨暖〔五〕。歲華一任委西風〔六〕，獨有春紅留醉臉〔七〕。

【校記】

①［調名］毛本、四庫本作「玉樓春」。

【箋注】

詞寫女子秋日深感歲華飄零之愁思。

〔一〕秋容句，謂芙蓉院内秋色已深。秋容，秋光，秋色。岑參《自潘陵尖還少室居止秋夕憑眺》：「九月山葉赤，谿雲淡秋容。」芙蓉，當指木芙蓉樹。

〔二〕促坐，靠近而坐。《史記·滑稽列傳》：「日暮酒闌，合尊促坐。」孫楚《登樓賦》：「百僚雲集，促坐華臺。」

〔三〕繡簾，有綺繡之簾子。岑參《玉門關蓋將軍歌》：「暖屋繡簾紅地爐，織成壁衣花氍毹。」

〔四〕玉纖句，謂女手輕理箏弦。玉纖，喻指美人手。韓偓《詠柳》：「玉纖折得遥相贈，便是觀音手裏時。」慵整，以手輕理。王安石《初晴》：「幅巾慵整露蒼華。」銀箏雁，箏上弦柱斜行如雁行，故云。李商隱《昨日》：「十三弦柱雁行斜。」張先《菩薩蠻》詞「詠箏」：「當筵秋水漫，玉柱雁行斜。」

〔五〕紅袖句，謂女子時籠暖壺以取暖也。紅袖，指女子。庾信《春日極飲》：「就中言不醉，紅袖捧金杯。」金鴨，銅製鴨形香爐。戴叔倫《春怨》：「金鴨香消欲斷魂，梨花春雨掩重門。」此處當指暖壺。

〔六〕歲華，歲時，年光。

〔七〕春紅，多指春花之美色。鮑令暉《擬青青河畔草》：「明志逸秋霜，玉顔艷春紅。」此指臉上酒紅。白居易《醉中對紅葉》詩：「醉貌如霜葉，雖紅不是春。」

畫堂春

落紅鋪徑水平池〔一〕，弄晴小雨霏霏〔二〕。杏園憔悴杜鵑啼〔三〕，無奈春歸。柳外畫樓獨上，憑闌手撚花枝〔四〕。放花無語對斜暉，此恨誰知。

【箋注】

此詞詠春閨寂寞之情，詞中杏園當指京師事，故此詞應爲元祐中作。陳鐘秀本《草堂詩餘》收詞爲徐俯作，誤。

〔一〕落紅，落花。李賀《蘭香神女廟》：「沙炮落紅滿，石泉生水芹。」水平池，水滿池塘。

〔二〕弄晴，謂時下小雨，作弄不得天晴。霏霏，細雨貌。杜甫《雨四首》之三：「朔風鳴淅淅，寒雨下霏霏。」

〔三〕杏園句，杏園，在長安曲江池畔，爲唐代有名園林。《松窗雜録》：「曲江池本隋時隑洲，唐開元中疏鑿爲勝境。南即紫雲樓，芙蓉苑，西即杏園、慈恩寺。花卉環周，煙水明媚。都人遊賞盛於中和上巳節。」《秦中歲時記》：「進士杏花園初會謂之探花宴。以少俊二人爲探花使，遍遊名園。若他人先折得名花，則二使皆有罰。」唐詩中詠杏園者屢見。如白居易《酬哥舒大夫見贈》詩："去歲歡遊何處去？曲江西岸杏園東。"

〔四〕憑欄，倚欄杆眺望。杜牧《初冬夜飲》："明年誰此憑欄杆？"

【評説】

胡仔《苕溪漁隱叢話》後集卷三三：少游小詞云："落紅鋪徑水平池，弄晴小雨霏霏。杏園憔悴杜鵑啼，無奈春歸。"用小杜詩："莫怪杏園憔悴去，滿城多少插花人。"

田同之《西圃詞説》：鄒程村曰："填詞結句，或以動蕩見奇，或以迷離稱雋，著一實語，敗矣。"康伯可："正是銷魂時候也，撩亂花飛。"晏叔原："紫騮認得舊遊蹤，嘶過畫橋西畔路。"秦少游："放花無語對斜暉，此恨誰知？"深得此法。

千秋歲①

水邊沙外，城郭春寒退〔一〕。花影亂，鶯聲碎〔二〕。飄零疏酒盞〔三〕，離别寬衣帶〔四〕。人不見，碧雲暮合空相對〔五〕。　憶昔西池會〔六〕，鵷鷺同飛蓋〔七〕。攜手處，今誰在。日邊清夢斷〔八〕，鏡裏朱顔改〔九〕。春去也，飛紅萬點愁如海。

【校記】

①〔調名〕毛本、四庫本調下有"謫虔州日作"。按少游生平未嘗謫虔州，"虔州"當爲"處州"之誤。

【箋注】

此詞寫離京謫居之無限愁苦。寫作時地，或謂在衡陽，或謂在處州。按少游此詞當作於紹聖二年（一〇九五），時四十七歲，貶監處州酒稅。後人美其「花影亂，鶯聲碎」之句，特建鶯花亭。范石湖有《鶯花亭詩序》，言之甚明。處州，治括蒼，即今浙江麗水縣附近。

〔一〕城郭句，謂城中春寒已消。城郭，城垣。内曰城，外曰郭。此指城内。鮑照《擬古八首》之四曰：「街衢積凍草，城郭宿寒煙。」

〔二〕花影二句，杜荀鶴《春宫怨》詩：「風暖鳥聲碎，日高花影重。」此用其意。

〔三〕飄零，此處意爲漂泊。杜甫《衡州送李大夫七丈赴廣州》詩：「王孫丈人行，垂老見飄零。」

〔四〕離別句，因傷别而瘦削，衣帶因此寬鬆。《古詩十九首》之一：「相去日已遠，衣帶日已緩。」緩，寬。柳永《鳳棲梧》詞：「衣帶漸寬終不悔，爲伊消得人憔悴。」

〔五〕人不見二句，江淹《雜體三十首·休上人怨别》：「日暮碧雲合，佳人殊未來。」此擬其語。

〔六〕西池，故址在丹陽（即今南京）。《世説新語·豪爽》：「晋明帝欲起池臺，元帝不許。帝時爲太子，好養武士。一夕中作池，比曉便成，今太子西池是也。」劉孝標注引山謙之《丹陽記》曰：「西池，孫登所創，吴史所謂西苑也。明帝修復之耳。」此處當喻指汴京金明池。

〔七〕鵷鷺，兩種鳥。以其飛行有序，故用之喻朝官行列。韓愈《晋公破賊重拜臺司》詩：「鵷鷺欲歸仙仗裏，熊羆還如禁宫中。」飛蓋，參見《望海潮》其二箋注。

〔八〕日邊，指京城。《世説新語·夙慧》：「晉明帝數歲，坐元帝膝上。有人從長安來，元帝問洛下消息，潸然流涕。明帝問何以致泣？具以東渡意告之。因問明帝：『汝意謂長安何如日遠？』答曰：『日遠。不聞人從日邊來，居然可知。』元帝異之。明日，集群臣宴會，告以此意。更重問之，乃答曰：『日近。』元帝失色曰：『爾何故異昨日之言邪？』答曰：『舉目見日，不見長安。』」後因以日邊指帝都。清夢，美夢。許渾《將渡故城湖阻風泊永陽戍》：「樓前歸客怨清夢。」

〔九〕鏡裏句，謂容顔已憔悴。馮延巳《蝶戀花》詞：「不辭鏡裏朱顔瘦。」朱顔，紅顔。或指美女容顔。如《楚辭·招魂》：「美人既醉，朱顔酡兮。」或指青春之容，如李白《對酒》：「昨日朱顔子，今日白髪催。」此謂健美之容顔已消逝。

【評説】

胡仔《苕溪漁隱叢話》前集卷五十引《冷齋夜話》云：少游小詞奇麗，詠歌之，想見其神清在絳闕、道山之間。詞曰「柳邊沙外，城郭春寒退。……」

胡仔《苕溪漁隱叢話》前集卷五十引陳後山《後山詩話》：王斿，平甫之子。嘗云：「今語例襲陳言，但能轉移爾。世稱秦詞『愁如海』爲新奇，不如李國主已云：『問君能有幾多愁？恰似一江春水向東流。』但以江爲海爾。」

吴曾《能改齋漫録》卷十七：秦少游所作《千秋歲》詞，予嘗見諸公唱和親筆，乃知在衡陽時作也。少游云：「至衡陽呈孔毅甫使君。」其詞云云，今更不載。毅甫本云：「次韻少游見贈」，其詞云：「春風湖外，紅杏花初退。孤館静，愁腸碎。淚餘痕在枕，別久香銷帶。新睡起，小園戲蝶飛成對。惆悵誰人會？隨處聊傾蓋。情暫遣，心何在？錦書消息斷，玉漏花陰改。遲日暮，仙山杳杳空雲海。」其後東坡在儋耳，姪孫蘇元老，因趙秀才還自京師，以少游、毅甫所贈酬者寄之。東坡乃次韻，録示元老，且云：「便見其超然自得，不改其度之意。」其詞云：「島邊天外，未老身先退。珠淚濺，丹衷碎。聲摇蒼玉佩，色重黄金帶。一萬里，斜陽正與長安對。道遠誰云會，罪大天能蓋。君命重，臣節在。新恩猶可覬，舊學終難改。吾已矣，乘桴且恁浮于海。」豫章題云：「少游得謫，嘗夢中作詞云：『醉卧古藤陰下，了不知南北。』竟以元符庚辰，死於藤州光華亭上。崇寧甲申，庭堅竄宜州，道過衡陽，覽其遺墨，始追和其《千秋歲》詞云：『苑邊花外，記得同朝退。飛騎軋，鳴珂碎。齊歌雲遶扇，趙舞風回帶。嚴鼓斷，盃盤狼藉猶相對。洒淚誰能會，醉卧藤陰蓋。人已去，詞空在。兔園高宴悄，虎觀英遊改。重感慨，波濤萬頃珠沉海。』」晁無咎集中嘗載此詞，而非是也。少游詞云：「憶昔西池會，鵷鷺同飛蓋。」亦爲在京師與毅甫同在於朝，叙其爲金明池之遊耳。今越州、處州，皆指西池在彼。蓋未知其本源而云也。

范成大《石湖詩集》卷十《次韻徐子禮提舉鶯花亭並序》：秦少游「水邊沙外」之詞，蓋在括蒼監征時所作。予至郡，徐子禮提舉按部來過，勸予作小亭記少游舊事。又取詞中語名之曰「鶯花」，賦詩六絶而去。明年亭成，次韻寄之：「灘長石出水鳴堤，城郭西頭舊小溪。遊了斷魂招不得，秋來春草更萋萋。愁邊逢酒却成憎，衣帶寬來不自勝。烟水蒼茫外沙路，東風何處拄枯藤？壚下三年世路窮，蟻封盤馬竟難工。千山雖隔日邊夢，猶到平陽池館中。文章光燄照金閨，豈是遭逢乏聖時。縱有百身那可贖，琳瑯空有萬篇垂。山碧叢叢四打圍，煩將舊恨訪黄鸝。纈林霜後黄鸝少，須是愁紅萬點時。古藤陰下醉中休，誰與低眉唱此愁。團扇他年書好句，平生知己識儋州。」

曾敏行《獨醒雜誌》卷五：秦少游謫古藤，意忽忽不樂。過衡陽，孔毅甫爲守，與之厚，延留待遇有加。一日飲於郡齋，少游作《千秋歲》詞，毅甫覽至「鏡裏朱顔改」之句，遽驚曰：「少游盛年，何爲言語悲愴如此！」遂和其韻以解之。居數日別去。毅甫送之於郊，復相語終日。歸謂所親曰：「秦少游氣貌大不類平時，殆不久於世矣。」未幾，果卒。

楊慎《詞品》：秦少游謫處州日，作《千秋歲》詞，有「花影亂，鶯聲碎」之句。後人慕之，建鶯花亭。陸放翁有詩云：「沙上春風柳十圍，緑陰依舊語黄鸝。故應留與行人恨，不見秦郎半醉時。」

馮金伯《詞苑萃編》引《詞潔》：秦少游《千秋歲》後結「春去也」三字，要占勝前面許多，攢簇在此收煞。「落紅萬點愁如海」七字，銜接得力，異樣出精彩。

踏莎行①

霧失樓臺〔一〕，月迷津渡〔二〕，桃源望斷無尋處〔三〕。可堪孤館閉春寒〔四〕，杜鵑聲裏斜陽暮〔五〕。驛寄梅花〔六〕，魚傳尺素〔七〕，砌成此恨無重數〔八〕。郴江幸自繞郴山，爲誰流下瀟湘去〔九〕。

【校記】

①［調名］毛本、四庫本、龍本調下有題作「郴州旅舍」。張本、鄧本、胡本、四庫本、王本、龍本詞末有注：「坡翁絶愛此詞尾兩句，自書於扇云：『少游已矣，雖萬人何贖！』釋天隱注《三體唐詩》，謂此二句實自『沅湘日夜東流去，不爲愁人住少時』變化。然《邶》之『毖彼泉水，亦流於淇』，已有此意，秦公蓋出諸此。又《王直方詩話》載黄山谷惜此詞『斜陽暮』意重，欲易之，未得其字。今《郴誌》遂作『斜陽度』。愚謂此亦何害而病其重也。李太白詩曰：睠彼落日暮，即斜陽暮也，劉禹錫：烏衣巷口夕陽斜，杜工部：山木蒼蒼落日曛，皆此意。別如韓文公《記夢詩》：中有易燃壯非少，《石鼓歌》：安置妥帖平不頗，之類尤多，豈可亦謂之重耶？山谷當無此言；即誠出山谷，亦一時之言，未足爲定論也。」毛本除删去「亦一時之言」一句外，餘并同。

【箋注】

此詞紹聖四年（一〇九七）貶徙郴州作。詞中望桃園，傷寂寞，怨恨愁苦，情見乎詞。郴州，故治在今湖南郴縣。

〔一〕霧失樓臺，夜霧籠罩樓臺，遮失不見。

〔二〕月迷津渡，月光下渡口看不分明。津渡，渡口。賈島《送李餘及第歸蜀》：「津渡逢清夜，途程盡翠微。」

〔三〕桃源句，極目遠望，桃花源無處可尋。桃源，指陶淵明《桃花源記》所描述的理想境界。陶文擬其地在武陵（故治在今湖南常德西），在湘北；秦徙郴州，在湘南。兩地相距遼遠，非瞻望可及，故云。

〔四〕可堪，哪堪。《詩詞曲語辭匯釋》卷一「可」條云：「可，猶豈也，那也。」

〔五〕杜鵑句，謂日暮時杜鵑悲啼，旅人尤難爲懷。張泌《浣溪沙》詞：「花滿驛亭香露細，杜鵑聲斷玉蟾低。」杜鵑即子規鳥。李時珍《本草綱目》曰：「杜鵑出蜀中……春暮即鳴，夜啼達旦。鳴必北向，至夏尤甚，晝夜不止，其聲哀切。」又云「其鳴若云不如歸去」。故尤動離人之思。

〔六〕驛寄梅花，《荊州記》：「宋陸凱與范曄相善，自江南寄梅花與曄，并贈詩曰：『折梅逢驛使，寄與隴頭人。江南無所有，聊贈一枝春。』」

〔七〕魚傳尺素，李白《贈漢陽輔録事》：「漢口雙魚白錦鱗，令傳尺素報情人。」王琦注曰：楊升庵曰：「古樂府：『尺素如殘雪，結成雙鯉魚。要知心裏事，看取腹中書。』」據此知古人尺素結爲雙鯉形，即緘也。

〔八〕砌成句，謂親友之關注慰問，更積累增加一己之離恨。

〔九〕郴江二句，謂郴江本沿郴山，爲何流去瀟湘之遠方？郴江，水名，源自郴州東面黄岑山，北流入湘江之支流耒水。幸自，本自。《詩詞曲語辭匯釋》卷二「幸」字條：「幸，猶本也，正也。」又解

「幸自」曰：「皆本自也。秦觀《踏莎行》詞『郴江幸自繞郴山，爲誰流下瀟湘去』，爲誰，猶云爲甚，與幸自意相應。」瀟湘，湘南二水名，在零陵合爲湘江，又稱瀟湘。

【評説】

王楙《野客叢書》卷二十引《詩眼》載：前輩有病少游「杜鵑聲裏斜陽暮」之句，謂斜陽暮似覺意重。僕謂不然，此句讀之，於理無礙。謝莊詩曰「夕天際晚氣，輕霞澄暮陰」，一聯之中三見晚意，尤爲重疊。梁元帝詩：「斜景落高舂」，既言「斜景」，復言「高舂」，豈不爲贅。古人爲詩正不如是之泥。觀當時米元章所書此詞，乃是「杜鵑聲裏斜陽曙」，非暮字也。得非避廟諱而改爲暮乎？

胡仔《苕溪漁隱叢話》前集卷五十引《詩眼》云：或問余：「東坡有言：『詩至於杜子美，天下之能事畢矣。』老杜之前，人固未有如老杜，後世安知無過老杜者？」余曰：「如『一片花飛減却春』，若詠落花，則語意皆盡。所以古人既未到，決知後人更無好語。如《畫馬詩》云：『玉花却在御榻上，榻上庭前屹相向。』則曹將軍能事與造化之功，皆不可以有加矣。至其他吟詠人情，模寫景物，皆如是也。老杜《謝嚴武》詩云：『雨映行宫辱贈詩。』山谷云：『只此雨映兩字，寫出一時景物，此句便雅健。』余然後曉句中當無虚字。」後誦淮海小詞云：「杜鵑聲裏斜陽暮。」公曰：「此詞高絶。但既云『斜陽』，又云『暮』，則重出也。欲改『斜陽』作『簾櫳』。」余曰：「既言孤館閉春寒，似無簾櫳。」公曰：「亭傳雖未必有簾櫳，有亦無害。」余曰：「此詞本模寫牢落之狀，若曰簾櫳，恐損初意。」先生曰：「極難得好字，當徐思之。」然余因此曉句法不當重疊。

胡仔《苕溪漁隱叢話》前集卷五十引《冷齋夜話》云：少游到郴州，作長短句云：「霧失樓臺，月迷津渡，桃源望斷無尋處。可堪孤館閉春寒，杜鵑聲裏斜陽暮。驛寄梅花，魚傳尺素，砌成此恨無重數。郴江幸自遶郴山，爲誰流下瀟湘去。」東坡絶愛其尾兩句。自書於扇曰，少游已矣！雖萬人何贖！

楊慎《詞品》：秦少游《踏莎行》：「杜鵑聲裏斜陽暮」極爲東坡所賞。而後人病其「斜陽暮」爲重複，非也。見斜陽而知日暮，非復也。猶韋應物詩「須臾風暖朝日暾」，既曰「朝日」，又曰「暾」，當亦爲宋人所譏矣。此非知詩者。

張綖本《淮海集》附註：坡翁絶愛此詞尾兩句，自書於扇云：「少游已矣，雖萬人何贖！」釋天隱《三體唐詩》謂此二句實自「沅湘日夜東流去，不爲愁人住少時」變化。然《邶》之「毖彼泉水，亦流於淇」已有此意，秦公蓋出諸此。又《王直方詩話》載黄山谷惜此詞「斜陽暮」意重，欲易之，未得其字。今《郴志》遂作「斜陽度」。余謂此亦何害而病其重也。李太白詩「眷彼落日暮」，即「斜陽暮」也。杜工部「山木蒼蒼落日曛」，皆此意。別如韓文公《紀夢》詩「中有一人壯非少」，《石鼓歌》「安置妥帖平不頗」之類尤多，豈可亦謂之重耶？山谷無此言。即誠出山谷，亦一時之言，未足爲定論也。

王士禛《花草蒙拾》：「郴江幸自繞郴山，爲誰流下瀟湘去？」千古絶唱。秦殁後，坡公常書此於扇云：「少游已矣，雖萬人何贖！」高山流水之悲，千載而下，令人腹痛。

徐釚《詞苑叢談》卷一：周長卿曰：「古人好詞，即一字未易憚改。子瞻『緑水人家遶』，別本

『逵』作『曉』。爲古今詞話所賞。愚謂『逵』字雖平，然是實境，『曉』字無歸著，試通咏全章便見。少游『斜陽暮』，後人妄肆譏評，托名山谷，《淮海集》辨之詳矣。又有人親在郴州，見石刻是『斜陽樹』，樹字甚佳，猶未若『暮』字。至《苕溪漁隱》記耆卿鰲山彩結，結改作綈，益佳。不知何佳也？若子瞻低繡户，低改窺，則善矣。」

沈雄《古今詞話·詞品》：秦詞「杜鵑聲裏斜陽暮」，人議之，人改之。《詞品》曰：「畢竟不如『暮』字」，即周美成「山木蒼蒼落日曛」可辨。

宋翔鳳《樂府餘論》：東坡「回首斜陽暮」，美成「雁背斜陽紅欲暮」可法也。按引東坡、美成語是也。分屬日時則尚欠明晰。《説文》：「莫，日且冥也，從日在草中」。是斜陽爲日斜時，「暮」爲日入時，言自日仄至暮，杜鵑之聲亦云苦矣。

鄧廷楨《雙硯齋詞話》：秦淮海爲蘇門四客之一，《滿庭芳》一曲唱遍歌樓，其前闋云：「斜陽萬點，流水繞孤村。」雖不識字人，亦知爲好言語。紹聖元年（一〇九四）紹述議起，東坡貶黄州，尋謫惠州。子由、魯直相繼罷去。少游亦坐此南遷，作《踏莎行》詞云「霧失樓臺……」

王國維《人間詞話》：少游詞境，最爲淒婉。至「可堪孤館閉春寒，杜鵑聲裏斜陽暮」則變而淒厲矣。東坡賞其後二句，猶爲皮相。

王國維《人間詞話》：「風雨如晦，鷄鳴不已」「山峻高以蔽日兮，下幽晦以多雨，霰雪紛其無垠兮，雲霏霏而承宇」「樹樹皆秋色，山山盡落暉」「可堪孤館閉春寒，杜鵑聲裏斜陽暮」，氣象皆相似。

王國維《人間詞話》：有有我之境，有無我之境。「亂紅飛過鞦韆去」「杜鵑聲裏斜陽暮」，有我之境也。

蝶戀花

曉日窺軒雙燕語〔一〕，似與佳人〔二〕，共惜春將暮。屈指艷陽都幾許〔三〕，可無時霎閑風雨〔四〕。　流水落花無問處〔五〕，只有飛雲、冉冉來還去〔六〕。持酒勸雲雲且住，憑君礙斷春歸路。

【箋注】

此詞惋惜春暮，與晏殊「無可奈何花落去」同一感慨。

〔一〕曉日句，窺窗，擬人寫法。王勃《福惠寺碑》：「明月窺窗，雜璿墻而共貫。」雙燕，此處反襯佳人之孤獨。《古詩》：「思爲雙飛燕，銜泥巢君屋。」温庭筠《酒泉子》：「一雙嬌燕語雕梁。」

〔二〕佳人，美女。《楚辭·九歌·湘夫人》：「聞佳人兮召余，將騰駕兮偕逝。」佳人，指湘夫人。《古詩十九首》之十二：「燕趙多佳人，美者顔如玉。」佳人，指美女。

〔三〕艷陽，春光。鮑照《學劉公幹五首》之三：「兹晨自爲美，當避艷陽天。艷陽桃李節，皎潔不成妍。」都幾許，共多少。韓愈《桃園圖詩》：「當時萬事皆眼見，不知幾許猶流傳？」

〔四〕可無句，謂豈無片刻之平常風雨。閑，《詩詞曲語辭匯釋》卷四：「閑，猶空也，平常也，没關係也。」

〔五〕流水落花句，謂流水落花，春已歸去，無處可問其歸趨。李煜《浪淘沙》詞：「流水落花春去也，天上人間？」此用其意。

〔六〕冉冉，徐行貌。《離騷》：「老冉冉其將至兮，恐修名之不立。」僧貫休《山居》：「緑圃空階雲冉冉」。

一落索

楊花終日飛舞①，奈久長難駐〔一〕。海潮雖是暫時來，却有個、堪憑處〔二〕。

紫府碧雲爲路〔三〕，好相將歸去〔四〕。肯如薄幸五更風，不解與、花爲主〔五〕。

【校記】

①〔首句〕底本作「楊花終日空飛舞」，今從毛本、四庫本、龍本改。龍本校注云：「此調前後闋首句皆六字，依毛本删。」

【箋注】

此詞擬女子語，恐男子薄情，幻想同爲快樂之伴侶而不可得，因責其勿如五更薄情之風。

〔一〕楊花二句，比擬男子外表殷勤，而實際情愛不專。

〔二〕海潮二句，喻男子猶不如海潮之守信。李益《江南曲》：「嫁得瞿塘賈，朝朝誤妾期，早知潮有信，嫁與弄潮兒。」又王涯《春江曲》：「家寄征江岸，征人幾歲遊，不如潮水信，每月到沙頭。」

〔三〕紫府句，紫府，仙宫。《抱朴子》：「黄帝東到青丘，見紫府先生受三皇内文，以劾召萬神。」又曰：「項曼都言，到天上先過紫府，金床玉几，晃晃昱昱。」碧雲，指天空。范仲淹《蘇幕遮》詞：「碧雲天，黄葉地。」紫府碧雲爲路，即上遊仙境。駱賓王《送王明府參選賦得鶴》：「振衣遊紫府，飛蓋背青田。」

〔四〕相將，相與。《詩詞曲語辭匯釋》卷三「相將」條云：「相將，猶云相與或相共也。」孟浩然《春情》詩：「已厭交歡憐枕席，相將遊戲繞池臺。」

〔五〕肯如三句，言你豈如五更薄倖之風，忍心吹落春花？肯，《詩詞曲語辭匯釋》卷二「肯」條云：「猶豈也。」李白《流夜郎贈辛判官》：『氣岸遥凌豪士前，風流肯落他人後？』肯落，豈落也。」則此處肯如，豈如也。解，同書卷一「解」條云：「解，猶會也，得也，能也。」王昌齡《青樓怨》詩：「腸斷關山不解説，依依殘月下簾鉤。」不解説，猶云不能説或不得説也。此處不解即不能之意。王建《宫詞》：「樹頭樹底覓殘紅，一片西飛一片東。自是桃花貪結子，錯教人怨五更風。」

醜奴兒①

夜來酒醒清無夢，愁倚闌干。露滴輕寒，雨打芙蓉淚不乾〔一〕。　佳人別後音塵悄〔二〕，瘦盡難拚〔三〕。明月無端〔四〕，已過紅樓十二間②。

【校記】

①〔調名〕毛本、四庫本作「採桑子」，注「元刻醜奴兒」。　②〔紅樓〕彊村本作「西樓」。

【箋注】

此詞寫女子思念情人，清夜酒醒，倚欄望月，情尤不堪。此詞又見《山谷集》，別又作晏幾道詞。

〔一〕雨打句，雨滴芙蓉花上，若美人之淚水不斷。白居易《長恨歌》：「芙蓉如面柳如眉」。以花如人面，更以雨珠擬美人之淚。

〔二〕佳人，指思念之男子。音塵，車馬聲及車馬揚起之塵土。此指行蹤、音信。李白《憶秦娥》：「咸陽古道音塵絕。」

〔三〕瘦盡難拚，爲之瘦損亦不能割捨。《詩詞曲語辭匯釋》卷五「判」字條：「判，割捨之辭，亦甘願之辭。自宋以後多用拚字或拼字，而唐人多用『判』字。」方干《題報恩寺上方》：「清峭關心惜歸去，他年夢到亦難判」。讀若潘。

〔四〕明月二句，謂明月無心，已照過紅樓，更引起自己思念。無端，無心，無意。白居易《翻經臺》：「是名精進才開眼，岩石無端亦點頭。」紅樓，指富家女所居。白居易《秦中吟・議婚》：「紅樓富家女。」

南鄉子

妙手寫徽真〔一〕，水翦雙眸點絳脣〔二〕。疑是昔年窺宋玉，東鄰，只露牆頭一半身〔三〕。
往事已酸辛，誰記當年翠黛顰〔四〕。盡道有些堪恨處，無情，任是無情也動人〔五〕。

【箋注】

此詞寫觀看昔時所愛女子畫像，不禁往事縈迴。雖覺她曾經無情，但注目時亦難免動情。

〔一〕妙手句，謂高手畫出美人圖。妙手，技藝高超者，此指高明畫師。高適《畫馬》詩：「感茲絶代稱妙手，遂令談者不容口。」徽真，美麗之肖像畫。徽，《爾雅・釋詁》：「徽，善也。」郝義行《義疏》引《毛詩》傳箋云：「美也。美善義同。」真，指畫像。杜甫《丹青引贈曹將軍霸》：「將軍善畫蓋有神，偶逢佳士亦寫真。」又據《麗情集》，唐代有娼女崔徽，與裴敬中善，嘗託人寫真以寄。是徽真初爲特指，後爲泛指。

〔二〕水剪雙眸，形容眼波流麗。白居易《箏》詩：「雙眸剪秋水。」李賀《唐兒》詩：「骨重神寒天廟器，一雙瞳仁剪秋水。」點絳唇，在畫像上染出紅唇。絳唇，美人之容。鮑照《蕪城賦》：「東都妙姬，南國麗人，慧心紈質，玉貌絳唇。」江淹《詠美人春遊》：「白雪凝瓊貌，明珠點絳唇。」

〔三〕疑是三句，用東鄰窺宋典故，寫女子之美麗與多情。宋玉《登徒子好色賦》：「玉曰：天下之佳人，莫若楚國。楚國之麗者，莫若臣里。臣里之美者，莫若臣東家之子。東家之子，增之一分則太長，減之一分則太短。著粉則太白，施朱則太赤。眉如翠羽，肌如白雪。腰如束素，齒如含貝。嫣然一笑，惑陽城，迷下蔡。然此女登墻窺臣三年，至今未許也。」

〔四〕翠黛顰，皺眉也。許渾《觀章中丞夜按歌舞》：「歌扇初移翠黛顰。」翠黛，畫眉所用螺黛，青黑色。顰，蹙額皺眉。《莊子·天運》：「故西施捧心而矉其里，其里之醜人見而美之，歸而捧心而矉其里。」矉，亦作顰。

〔五〕任是句，羅隱《牡丹》詩：「若教解語應傾國，任是無情也動人。」

醉桃源（以阮郎歸歌之亦可）①

碧天如水月如眉〔一〕，城頭銀漏遲〔二〕。緑波風動畫船移，嬌羞初見時〔三〕。銀燭暗〔四〕，翠簾垂，芳心兩自知〔五〕。楚臺魂斷曉雲飛，幽歡難再期〔六〕。

【校記】

①〔調名及附注〕從底本。王本、彊村本、龍本調名下無附注。張本、胡本、鄧本注：「即阮郎歸。」四

庫本收入《阮郎歸》五首之五，標爲「又」。

【箋注】

此詞寫一對情侣月光下、畫船上初見時情景。

〔一〕碧天如水，温庭筠《瑶瑟怨》：「冰簟銀床夢不成，碧天如水夜雲輕。」月如眉，鮑照《玩月城西門廨中》：「始出西南樓，纖纖如玉鉤。末映東北墀，娟娟似娥眉。」擬月之如鉤、如眉本此。

〔二〕銀漏，滴水計時之精美漏壺。《説文》：「漏，以銅受水刻節，晝夜百刻。」王勃《乾元殿頌序》：「虬箭司更，銀漏與三辰合運。」

〔三〕嬌羞，嬌媚之羞容。沈約《六憶詩》之四：「復恐旁人見，嬌羞在燭前。」

〔四〕銀燭，白色蠟燭。顧野王《舞影賦》：「列銀燭兮蘭房。」李白《夜別張五》詩：「聽歌舞銀燭，把酒輕羅霜。」

〔五〕芳心，猶言春心。李白《古風五十九首》之四十九：「皓齒終不發，芳心空自持。」

〔六〕楚臺二句，用宋玉《高唐賦》事。參見《促拍滿路花》箋注。

河傳（二首）

亂花飛絮，又望空鬬合，離人愁苦〔一〕。那更夜來，一霎薄情風雨〔二〕，暗掩將、春色去〔三〕。

籬枯壁盡因誰做〔四〕。若説相思，佛也眉兒聚。莫怪爲伊，抵死縈腸惹肚①〔五〕，爲没教、人恨處。

【校記】

①抵死，原作「底死」，從張本、胡本、鄧本、王本、毛本、四庫本、龍本改。

【箋注】

此詞詠春思。

〔一〕亂花飛絮三句，魏承斑《漁歌子》詞：「幾多情，無處説，落花飛絮清明節。」鬬合，拼合。言花絮紛飛，似有意與離人拼合愁苦景象。《詩詞曲語辭匯釋》卷二「鬬」：「鬬，猶湊也，合也。」又引此句等五例云：「以上五則，鬬合聯用，同義之重言也。」

〔二〕一霎句，温庭筠《菩薩蠻》詞：「南園滿地堆輕絮，愁聞一霎清明雨。」一霎，一陣兒。王建《春去曲》：「就中一夜東風惡，收紅拾紫無遺落。」「薄情風雨」即此意。

〔三〕暗掩將句，謂暗中收拾春色去。掩，《説文》：「斂也。」將，無義，動詞後語辭。

〔四〕籬枯壁盡，謂風雨使得花落葉殘也。

〔五〕抵死，老是。《詩詞曲語辭匯釋》卷一「抵死」條云：「抵死，猶言分外也。急急或竭力也。亦猶云終究或老是也。」此處爲老是義。

其二①

恨眉醉眼〔一〕，甚輕輕覷著，神魂迷亂〔二〕。常記那回，小曲欄杆西畔。鬢雲鬆〔三〕，羅襪剗〔四〕。丁香笑吐嬌無限〔五〕。語軟聲低〔六〕，道我何曾慣。雲雨未諧，早被東風吹散。悶損人②，天不管。

【校記】

①〔其二〕張本、胡本、鄧本、毛本、四庫本、王本作「又」。②〔悶損〕毛本、四庫本、王本作「瘦殺」。

【箋注】

記一次未諧之幽會，描寫比較直露。

〔一〕恨眉醉眼，眉目放縱含情。關盼盼《和白公》詩：「自守空樓斂恨眉，形同春後牡丹枝。」羅虬《比紅兒》詩：「可得紅兒抛醉眼，漢皇恩澤一時回。」

〔二〕甚輕輕二句，《詩詞曲語辭匯釋》卷二「甚」字條：「甚，猶是也，正也，真也。詞中每用以領句，與什麽之甚作怎字、何字義者異。」又云：「黄庭堅《歸田樂引》詞，『憶我，又喚我見我嗔我，天甚教我怎生受？』此甚字爲真字義。天字當一逗，意言天乎，此種情景，真教我怎生受也。秦觀《河傳》詞『恨眉醉眼，甚輕輕覷著，神迷魂亂。』言真是一覷即使人迷魂也。」覷，看。

〔三〕鬟雲鬆，鬟髮蓬鬆如雲。温庭筠《菩薩蠻》詞：「鬟雲欲度香腮雪。」

〔四〕羅襪剗，只著羅襪貼地而行。《詩詞曲語辭匯釋》卷四「剗」字條云：「猶只也，亦猶還也，反也。亦猶云無獨也。」又引李後主《菩薩蠻》詞「剗襪下香階，手提金縷鞋」。曰：「惟其提鞋於手中，則著襪而行，故曰剗襪也，言只有襪也。」此處即用「只」義。

〔五〕丁香，《本草》：「丁香一名丁子香，生東海及昆侖國。二月三月花開，紫白色。至七月方始成實。小者爲丁香，大者如巴豆，爲母丁香。」《齊民要術》：「鷄舌香世以其似丁子，故一名丁子香，即今丁香是也。」《日華子》：「丁香治口氣，所以郎官含之。」詩詞中常以喻女人舌。李煜《一斛珠》詞：「向人微露丁香顆。」

〔六〕語軟，説話委婉柔和。杜甫《贈蜀僧閭丘師兄》：「夜闌接軟語，落月如金盆。」

【評説】

徐釚《詞苑叢談》：少游「悶損人，天不管」，悶損一作「瘦殺」。山谷在某大夫家聞歌此曲，乃以「好」字易「瘦」字，戲作一詞云：「心情老懶，對歌對舞。猶是當時眼。巧笑靚妝，近我衰容華鬢。似扶著，賣卜算。思量好箇當年見。催酒催更，只怕歸期短。飲散燈稀，背鎖落花深院。好殺人，天不管。」

《四庫全書總目·淮海詞提要》：《河傳》一闋，尾句作「悶損人，天不管」。考黄庭堅亦有此調，尾句作「好殺人，天不管。」自注云：「因少游詞，戲以『好』字易『瘦』字」。是觀原詞當是「瘦殺人，天不管」。「悶損」二字爲後人妄改也。

浣溪沙（五首）①

漠漠輕寒上小樓〔一〕，曉陰無賴似窮秋②〔二〕，淡煙流水畫屏幽〔三〕。　自在飛花輕似夢〔四〕，無邊絲雨細如愁〔五〕，寶簾閑掛小銀鉤〔六〕。

【校記】

①「調名」毛本、四庫本調名下有注：「此首或刻歐陽永叔。」　②「似窮秋」彊村本作「是窮秋」。

【箋注】

此詞寫春愁。或誤作歐陽修詞。

〔一〕漠漠，寂静無聲。《荀子·解蔽》：「聽漠漠而以爲哅哅。」楊倞注：「漠漠，無聲也。」韓愈《同水部張員外曲江春遊》：「漠漠輕陰晚自開，青天白日映樓臺。」

〔二〕曉陰，清晨陰晦。崔涂《殘花》詩：「遲遲傍曉陰，昨夜色猶深。」無賴，無聊。徐陵《烏棲曲》：「唯憎無賴汝南鷄，天河未落猶争啼。」窮秋，晚秋，深秋。鮑照《代白紵曲》：「窮秋九月荷葉黄，北風驅雁天雨霜。」又庾信《秋日》：「蒼茫望落景，羈旅對窮秋。」

〔三〕淡煙流水，指畫屏上景致。

〔四〕自在，閑静安適，無拘束，自然。杜甫《放船》：「江流大自在，坐穩興悠哉。」

〔五〕無邊絲雨，狀雨之廣被而細。少游《春日》：「一夕輕雷落萬絲。」

〔六〕寶簾句，李煜《浣溪沙》詞：「手卷珠簾上玉鉤。」

【評説】

卓人月、徐士俊《詞統》：「自在」二語，奪南唐席。

梁啓超《藝蘅館詞選》：奇語。

王國維《人間詞話》：境界有大小，不以是而分優劣。「細雨魚兒出，微風燕子斜」，何遽不若「落日照大旗，馬鳴風蕭蕭」。「寶簾閒挂小銀鈎」，何遽不若「霧失樓臺，月迷津渡」也？

俞陛雲《唐五代兩宋詞選釋》：「清婉而有餘韻。」

其二①

香靨凝羞一笑開〔一〕，柳腰如醉暖相挨〔二〕，日長春困下樓臺②〔三〕。　照水有情聊整鬢，倚闌無緒更兜鞋〔四〕。　眼邊牽恨懶歸來③〔五〕。

【校記】

①「其二」張本、胡本、鄧本、毛本、四庫本、王本作「又」。毛本、四庫本有注云：「亦刻歐陽永叔」。

②「春困」毛本、四庫本作「人困」。　③「牽恨」彊村本作「牽繫」。

【箋注】

此詞寫一少婦春困無聊，倚欄懷人之情態。或誤作歐陽修詞。

〔一〕香靨，柳永《擊梧桐》詞：「香靨深深，姿姿媚媚。」靨，俗稱酒窩。香靨，美言之也。

〔二〕柳腰，庾信《和春日晚景宴昆明池》：「上林柳腰細，新豐酒徑多。」後指細腰。白居易有詩云：「櫻桃樊素口，楊柳小蠻腰」（見唐孟棨《本事詩·事感》）

〔三〕春困，春日慵倦。鄭谷《悶題》：「落第春相困，無心惜落花。」曾鞏《錢塘上元夜祥符寺陪咨臣郎中文燕席》：「金地夜寒消美酒，玉人春困依東風。」

〔四〕兜鞋，把靸着的鞋套好。

〔五〕牽恨，牽惹愁思。李商隱《柳》：「如綫如絲正牽恨，王孫歸路一何遥。」李珣《望遠行》詞：「柳絲牽恨一條條。」

【評説】

長湖外史《續編草堂詩餘》：「上句妙在『照水』，下句妙在『兜鞋』。即令閨人自模，恐未到。」

賀貽孫《詩筏》：「詩語可入填詞，如詩中『楓落吴江冷』、『思發在花前』、『天若有情天亦老』等句，填詞屢用之，愈覺其新。獨填詞語無一字可入詩料……秦少游詞『照水有情聊整鬢，倚欄無緒更兜鞋』……少游語決不可入詩，鑒賞家自知之。」

其三①

霜縞同心翠帶連②〔一〕，紅綃四角綴金錢〔二〕，惱人香爇是龍涎〔三〕。　枕上忽收疑是夢，燈前重看不成眠。又還一段惡因緣〔四〕。

【校記】

①［其三］張本、胡本、鄧本、毛本、四庫本、王本作「又」。　②［翠帶］底本作「翠黛」，張本、鄧本、毛本、四庫本、王本、龍本同。從彊村本改。

【箋注】

寫一妓女收到情禮，但未得到愛情。

〔一〕霜縞句，謂白色同心結連著翠綠絲帶。霜縞，白色精細的絲織品。謝莊《月賦》：「連觀霜縞」。同心，指同心結，以絲帶連接之連環回文結子，用以表示愛情及同心者。梁武帝《有所思》：「腰中雙綺帶，夢爲同心結。」劉禹錫《楊柳枝》：「如今綰作同心結。將贈行人知不知？」翠帶，青綠色羅帶。

〔二〕紅綃句，謂送有紅綃並綴有金錢。紅綃，紅色紗綢。白居易《琵琶行》：「五陵年少争纏頭，一曲紅綃不知數。」薛濤《試新服》：「紫陽宫裏賜紅綃，仙霧朦朧隔海遥。」其中紅綃皆賞賜之物。

〔三〕香爇，燃起香。爇，引燃。龍涎，香名。《杜陽雜誌》：「同昌公主暑時，取澄水帛以水蘸之，掛於南軒，滿座皆思挾纊。」蘇軾《過子忽出新意以山芋作玉糝羹色香味奇絶》詩：「香似龍涎仍釅白，味如牛乳更全清。」

〔四〕惡姻緣，不好之姻緣。裴鉶《楊柳枝》：「思量大是惡姻緣，只得相看不得憐。」

其四①

脚上鞋兒四寸羅，唇邊朱粉一櫻多〔一〕，見人無語但回波〔二〕。　料得有心憐宋玉〔三〕，只應無奈楚襄何〔四〕。今生有分共伊麽。

【校記】

①〔其四〕張本、胡本、鄧本、毛本、四庫本、王本作「又」。

【箋注】

此爲戲妓女之作。又或作山谷詞。唐圭璋《宋詞四考·宋詞互見考》舉此詞云：「案此山谷詞。見《藝苑雌黄》。有本事云：黄魯直過瀘，瀘帥命寵妓盼盼侑觴，魯直贈以《浣溪沙》云云。又《青泥蓮花記》引《古今詞話》，亦謂此詞爲魯直過瀘南贈盼盼作。惟又見秦觀《淮海集》，或流傳之誤也。」按《苕溪漁隱叢話》又以此爲秦詞，作涪翁詞者非是。今姑仍之。

〔一〕唇邊句，謂朱唇小如櫻桃。白居易《楊柳枝二十韻》：「口動櫻桃破。」

〔二〕回波，猶言回眸。

〔三〕料得句，謂想來對自己有情。宋玉，參見《南鄉子》注。此處係自指。

〔四〕只應句，謂只是於楚襄王無可奈何。只應，只是。《詩詞曲語辭匯釋》卷三「應」條云：「應，猶是也。普通作理想推度之辭用，然遇叙述當前及指示事實時，則不得以推度義解之，當逕解爲是字義。」李商隱《席上贈人》：「料得也應憐宋玉，只應無奈楚襄王。」有注云：「故桂府滎陽公席上出家妓。」秦詞本此。楚襄，指主人。

【評説】

胡仔《苕溪漁隱叢話》後集卷三十三：「《八六子》：『倚危亭，恨如芳草，萋萋剗盡還生』者；《浣溪沙》『脚上鞋兒四寸羅』者，二詞皆見《淮海集》。乃以《八六子》爲賀方回作，以《浣溪沙》爲涪翁作。晁無咎《鹽角兒》『開時似雪，謝時似雪，花中奇絶』者，爲晁次膺作。汪彦章《點絳唇》『新月娟娟，夜寒江静山銜斗』者爲蘇叔黨作，皆非也。」

曹學佺《蜀中廣記》卷一百三引《山堂肆考》：「涪翁過瀘南，瀘帥留府。會有官妓盻盻，帥嘗寵之，涪翁贈浣溪沙詞曰：脚上靴兒四寸羅，唇邊朱麝一櫻多，見人無語但迴波。料得有心憐宋玉，祇因無奈楚襄何。今生有分向伊麽？盻盻拜謝涪翁。瀘帥令唱詞侑觴，唱惜春容……。涪翁大喜，醉飲而别。」

其五①

錦帳重重卷暮霞，屏風曲曲鬭紅牙〔一〕，恨人何事苦離家〔二〕。　枕上夢魂飛不去，覺來紅日又西斜。滿庭芳草襯殘花。

【校記】

①〔其五〕張本、胡本、鄧本、毛本、四庫本、王本作「又」。〔調名〕毛本、四庫本有注云：「或刻張子野。」

【箋注】

此詞寫客中與宴，益增愁悶。詞中自稱「恨人」，當爲紹聖元年後貶謫外地所作。或作張子野詞，誤。

〔一〕屏風，室内隔扇，以木爲之，多有雕繪。劉安《屏風賦》：「維兹屏風，出自幽谷……大匠攻之，刻雕削斵……等化器類，庇蔭尊屋。列在左右，近君頭足。」鬭紅牙，競拍紅牙演唱也。紅牙，紅木拍板，演奏時用以節樂。俞文豹《吹劍録》：「柳郎中詞，只合十七八女郎執紅牙板，歌『楊柳岸曉風殘月』。」

〔二〕恨人，失意抱恨者。江淹《恨賦》：「於是僕本恨人，心驚不已。」此處作者自指。

【評説】

張綖本《淮海集》此詞附注：「前段用元微之《天台詩》意。後段婉約有味。尾句尤含蓄深思。」黄蘇《蓼園詞選》：「沈際飛：『前人詩『夢魂不知處，飛過大江西』，此處『飛不去』，絶好翻用法。』」

如夢令（五首）①

門外鴉啼楊柳〔一〕，春色著人如酒〔二〕。睡起熨沉香〔三〕，玉腕不勝金斗〔四〕。消瘦，消瘦，還是褪花時候〔五〕。

【校記】

①［調名］毛本、四庫本作「憶仙姿」。注「舊刻如夢令五闋，今增入二闋。」

【箋注】

寫女子春愁。

〔一〕門外句，寫春景。《樂府·讀曲歌》：「暫出白門前，楊柳可藏烏。」

〔二〕春色句，謂春色迷人如酒之使人沉醉。劉禹錫《秋詞》：「試上高樓清入骨，豈如春色嗾人狂。」李群玉《感春》詩：「春情不可狀，艷艷令人醉。」意皆近似。著，同「着」，《詩詞曲語辭匯釋》卷三「着」條云：「着，猶中也，襲也，惹或迷也。」又云：「賀鑄《浣溪沙》『連夜斷無行雨夢，隔年猶有着人香。』此所云着人，猶云惹人或迷人也。秦觀《如夢令》：『門外鴉啼楊柳，春色着人如酒』……義均同上。」集内《促拍滿路花》云：「春思如中酒」意同此。

〔三〕熨沉香，用沉香熏熨衣裳。參見《沁園春》一詞箋注。

〔四〕金斗，精美之金屬熨斗。

〔五〕褪花，花謝，花落。

【評説】

胡仔《苕溪漁隱叢話》後集卷三十三：「予又嘗讀李義山《效徐陵體贈更衣》云：『輕寒衣省夜，金斗熨沈香』，乃知少游詞『玉籠金斗，時熨沈香』，與夫『睡起熨沈香，玉腕不勝金斗』，其語亦有來歷處，乃知名人必無杜撰語。」

長湖外史《續編草堂詩餘》：「憨怯甚。末句止而得行，泄而得蓄。」

其二①

遥夜沉沉如水②〔一〕，風緊驛亭深閉〔二〕。夢破鼠窺燈〔三〕，霜送曉寒侵被〔四〕。無寐，無寐，門外馬嘶人起〔五〕。

【校記】

①［其二］張本、胡本、鄧本、毛本、四庫本、王本作「又」。　②［沉沉］王本作「月明」。

【箋注】

此詞寫旅途長夜難寐情景。情調淒楚，當是紹聖初貶謫途中所作。或誤作黄庭堅詞。

〔一〕沉沉，夜深寂静。杜甫《醉時歌》：「清夜沉沉動春酌，燈前細雨簷花落。」

〔二〕驛亭，古代驛傳有亭，供旅途中歇宿之所。杜甫《喜舍弟觀即到復題》：「江閣嫌津柳，風帆數驛亭。」

〔三〕夢破句，睡夢中驚醒見老鼠窺燈欲偷食燈油。王建《贈王處士》：「鼠來案上長偷水，鶴在床前亦看棋。」韋莊《靈席》：「鼠偷筵上果，蛾撲帳前燈。」皆寫鼠偷，各異其趣。

〔四〕曉寒，黎明時之寒氣。温庭筠《菩薩蠻》詞：「花落月明殘，錦衾知曉寒。」

〔五〕門外句，馮延巳《採桑子》詞：「馬嘶人語春風岸。」

【評説】

杜文瀾《詞律補注》：「按宋蘇軾詞注：『此詞本唐莊宗製，名「憶仙姿」，嫌其名不雅，故改爲「如夢令」。』」

其三①

幽夢匆匆破後〔一〕，妝粉亂紅沾袖②〔二〕。遥想酒醒來，無奈玉銷花瘦〔三〕。回首，回首，繞岸夕陽疏柳。

【校記】

①〔其三〕張本、胡本、鄧本、毛本、四庫本、王本作「又」。②〔亂紅〕底本作「亂痕」，張本、胡本、鄧本同。從毛本、四庫本、龍本改。

【箋注】

寫一女子夢後悲啼，容顏憔悴，不堪回首往事。暗示其身世遭遇有足悲者。

〔一〕幽夢，隱約之夢境。元稹《晚秋》：「寢倦解幽夢，慮閑添遠情。」

〔二〕妝粉句，謂淚珠斷臉横頤，拭淚時使臉上之脂粉粘上衣袖。

〔三〕玉銷花瘦，指美女憔悴。韓偓《思歸樂》：「淚滴珠難盡，容殊玉易銷。」

【評説】

沈際飛《草堂詩餘續集》：「『匆匆破』，三字真。『玉銷花瘦』四字警。末句不可倒作首句，思之，思之。」

其四①

樓外殘陽紅滿〔一〕，春入柳條將半。桃李不禁風〔二〕，回首落英無限〔三〕。腸斷〔四〕，腸斷，人共楚天俱遠〔五〕。

【校記】

①［其四］張本、胡本、鄧本、毛本、四庫本、王本作「又」。［調名］毛本、四庫本注「或刻晏叔原」。

【箋注】

詞詠客子春愁。詞内有「楚天」語，當爲紹聖四年（一〇九七）郴州所作。唐圭璋《宋詞四考·宋詞互見考》：「按此首秦觀詞，見《淮海詞》。《類編草堂詩餘》作晏幾道詞，《歷代詩餘》作晏殊詞，并誤。」

〔一〕樓外句，白居易《題岳陽樓》：「夕波紅處近長安。」張舜民《賣花聲（題岳陽樓）》：「回首夕陽紅盡處，應是長安。」

〔二〕桃李句，謂桃李受不了風吹。《詩詞曲語辭匯釋》卷二「禁」條云：「禁，猶當也；受也；耐也。」又云：「不禁，亦當不了，受不了義。」

〔三〕落英，落花。陶潛《桃花源記》：「芳草鮮美，落英繽紛。」

〔四〕腸斷，誇張心情悲極。《世説新語・黜免》：「桓公入蜀，至三峽中，部伍中有得猿子者，其母沿岸哀嚎，行百餘里，不去，遂跳上船，至便即絶。破視其腹中，腸皆寸寸斷。」謝靈運《道路憶山中》：「楚人心昔絶，越客腸今斷。」

〔五〕楚天，南方天空。古代楚國在荆湘一帶，故詩文常以楚天指長江中遊及南方。杜甫《暮春》詩：「楚天不斷四時雨，巫峽長吹千里風。」此處自傷流落楚地，離鄉遥遠。

其五①

池上春歸何處，滿目落花飛絮〔一〕。孤館悄無人，夢斷月堤歸路〔二〕。無緒〔三〕，無緒，簾外五更風雨。

【校記】

①〔其五〕張本、胡本、鄧本、毛本、四庫本、王本作「又」。〔調名〕毛本、四庫本注「或刻周美成。」

【箋注】

暮春傷懷，與《踏莎行》意近，且亦有『孤館』云云，當同爲紹聖四年（一〇九七）春徙郴州時作。或誤作周邦彦詞。

〔一〕滿目句，謂滿眼落花飛絮，春即歸去。孫光憲《浣溪沙》詞：「落絮飛花滿帝城，看看春盡又傷情。」意同。

〔二〕夢斷，夢盡醒來。李白《憶秦娥》詞：「簫聲咽，秦娥夢斷秦樓月。」月堤，月下堤路。白居易《早朝》：「月堤槐露氣，風燭樺煙香。」

〔三〕無緒，情緒不佳，無興致。柳永《雨霖鈴》：「都門帳飲無緒。」

【評説】

楊慎批《草堂詩餘》：「孤館聽雨，較洞房雨聲，自是不勝情之詞，一喜一悲。」

俞陛雲《唐五代兩宋詞選釋》：「此五章細審之，當是一事，皆紀別之作。第一首總述春暮懷人。次首追叙欲別之時，馬嘶人起，言送別也。三首繞岸夕陽，言別後也。四首楚天人遠，言遠去也。……五首句最工，結處緑楊俱瘦，與首章春暮懷人前後相應。」

阮郎歸（四首）

褪花新緑漸團枝①〔一〕，撲人風絮飛〔二〕。鞦韆未拆水平堤②〔三〕，落紅成地衣③〔四〕。　遊蝶困，乳鶯啼。怨春春怎知，日長早被酒禁持〔五〕，那堪更別離。

【校記】

①「褪花」底本作「退花」，從張本、鄧本、胡本、毛本、四庫本、王本、龍本改。　②「未拆」王本、彊村本作「坼」。　③「落紅」彊村本作「落花」。

【箋注】

據秦瀛《重編淮海先生年譜簡編》，此詞爲紹聖四年（一〇九七）所作。龍榆生《淮海先生年譜簡編》則定爲紹聖三年作，云「原譜以此繫之次年，揆諸詞意，似係歲暮初至郴州之作。故改書於此。」此説是。今按詞凡四首，時令不盡相同，其四「湘天風雨破寒初」當爲三年底在郴州作，其餘三首雖亦三年作，然不盡作於郴州。此首寫季春離愁。似爲紹聖三年離處州作。

〔一〕褪花句，花謝後新葉漸多，團聚枝頭。新緑，韋莊《謁金門》詞：「春雨足，染就一溪新緑。」

〔二〕風絮，風中柳絮。薛能《折楊柳》：「閑想習池公宴罷，水蒲飛絮夕陽天。」

〔三〕鞦韆，《荆楚歲時記》：「《古今藝術圖》云，鞦韆，本北方山戎之戲，以習輕趫者。後中國女子學之，乃以綵繩懸木立架，士女炫服坐立其上，推引之。名曰鞦韆。楚俗亦謂之施鉤。《涅槃經》謂之罥索。」按王延壽作《千秋賦》，正言此戲，則古人謂之千秋。

〔四〕落紅句，謂落花滿地猶如地毯。地衣，地毯。白居易《新樂府·紅線毯》：「地不知寒人要暖，少奪人衣作地衣。」

〔五〕禁持，擺佈。《詩詞曲語辭匯釋》卷二「禁」條云：「禁，猶云擺佈也，牽纏也。其義之顯著則爲禁害與禁持。」按此謂已被酒所擺佈，何堪再憂離別也。

其二①

宮腰嫋嫋翠鬟松〔一〕，夜堂深處逢〔二〕。無端銀燭殞秋風〔三〕，靈犀得暗通〔四〕。身有恨②，恨無窮。星河沉曉空〔五〕。隴頭流水各西東〔六〕，佳期如夢中。

【校記】

①［其二］張本、胡本、鄧本、毛本、四庫本、王本作「又」。②［身有恨］張本、胡本、鄧本、毛本、四庫本作「更有限」。彊村本、龍本作「身有限」。

【箋注】

此詞寫夜中男女巧會而悵恨後會難期。

〔一〕宮腰，細腰。《墨子・兼愛》：「昔者楚靈王好士細腰，靈王之臣皆以一飯爲節，脅息然後帶，扶墻然後起。」《後漢書・馬廖傳》：「上書長樂宫曰：『楚王好細腰，宫中多餓死。』」後之稱細腰爲楚腰、宫腰，本此。裊裊，纖長柔美貌。左思《吴都賦》：「裊裊素女。」翠鬟，青黑色髮髻。高蟾《華清宫》：「何事金輿不再遊，翠鬟丹臉豈勝愁。」

〔二〕夜堂，夜中堂屋。薛能《贈禪師》：「夜堂吹竹雨，春地落花風。」

〔三〕無端，不料。韓愈《落花》：「無端又被春風誤，吹落西家不得歸。」殞秋風，被秋風吹滅。殞，滅也。

〔四〕靈犀句，謂兩心因得相通也。靈犀，犀牛角，相傳有靈異。《南州異物志》：「犀有靈異，表靈以角。」《漢書・西域傳贊》：「明珠、文甲、通犀、翠羽之珍盈於後宫。」如淳注曰：「通犀，謂中央色白通兩頭。」李商隱《無題》：「身無彩鳳雙飛翼，心有靈犀一點通。」

〔五〕星河句：謂天色將曉。李商隱《嫦娥》：「雲母屏風燭影深，長河漸落曉星沉。」

〔六〕隴頭流水，喻情人之各去一方。隴頭，隴山之巔。隴山在今陝西隴縣西北。《三秦記》：「其坂九回，不知高幾許，欲上者七日乃越。」郭仲産《秦川記》：「隴山東西百八十里，登山嶺東望秦川四五百里。極目泯然，山東人行役升此而顧瞻者，莫不悲思。故歌曰：『隴頭流水，分離四下。念我行役，飄然曠野。登高望遠，涕零雙墮。』」

【評説】

沈際飛《草堂詩餘續集》：恐未必『無端』，『殞』字好。

其三①

瀟湘門外水平鋪〔一〕，月寒征棹孤〔二〕。紅妝飲罷少踟躕〔三〕，有人偷向隅〔四〕。　揮玉箸〔五〕，灑真珠〔六〕，梨花春雨餘〔七〕。人人盡道斷腸初，那堪腸已無②〔八〕。

【校記】

①〔其三〕張本、胡本、鄧本、毛本、四庫本、王本作「又」。　②〔腸已無〕張本、胡本、鄧本、毛本、四庫本、王本皆作「腸也無」。

【箋注】

此詞寫餞別之悲傷。審詞意，似爲紹聖三年（一〇九六）旅次衡州登舟往郴時餞別所作。

〔一〕瀟湘門，當爲衡州城門。衡州故治在今湖南衡陽市。瀟水與湘水在零陵合流後始稱瀟湘。北流經過衡州城外。其支流耒水即合流此處。少游離衡州當即乘舟沿耒水赴郴州。

〔二〕月寒，庾信《思舊賦》：「閨深夜静，風高月寒。」征棹，行舟。庾信《應令》：「浦喧征棹發，亭空送客還。」

〔三〕紅妝，女子之妝，代指女子。謝朓《贈王主簿二首》之一：「日落窗中坐，紅妝好顔色。」踟躕，徘徊不定。《詩·邶風·静女》：「愛而不見，搔首踟躕。」

〔四〕向隅，面向屋角，意爲不歡。劉向《説苑·貴德》：「今有滿堂飲酒者，有一人獨索然向隅而泣，則一堂之人皆不樂矣。」

〔五〕玉箸，喻女子之淚。《白帖》：「魏甄后面白，淚雙垂如玉箸。」劉孝威《獨不見》：「誰憐雙玉箸，流面復沾巾。」

〔六〕真珠，喻女子之淚。白居易《夜聞歌者時自京城謫潯陽宿於鄂州》：「獨倚帆檣立，娉婷十七八。夜淚似真珠，雙雙墮明月。」

〔七〕梨花句，亦比喻美女流淚。白居易《長恨歌》：「玉容寂寞淚闌干，梨花一枝春帶雨。」

〔八〕腸已無，喻憂傷之極，以至於不動情。

【評説】

楊慎《批草堂詩餘》：此等情緒，煞甚傷心。秦七太深刻矣！

其四①

湘天風雨破寒初〔一〕，深沉庭院虛②。麗譙吹罷小單于〔二〕，迢迢清夜徂〔三〕。　鄉夢斷，旅魂孤〔四〕，峥嶸歲又除〔五〕。衡陽猶有雁傳書，郴陽和雁無〔六〕。

【校記】

①〔其四〕張本、胡本、鄧本、毛本、四庫本、王本作「又」。　②〔深沉〕毛本、四庫本作「深深」。

【箋注】

此詞寫謫居郴州之孤寂無歡，當爲紹聖三年（一〇九六）底初至郴州所作。彊村本子野詞亦有此首，按子野生平未至湘，顯係誤收。

〔一〕湘天句，謂湘地風雨開始破除寒氣。湘天，指湘江流域一帶。破，除也。

〔二〕麗譙，譙樓。《莊子·徐無鬼》：「君亦必無盛鶴列於麗譙之間。」郭象注：「麗譙，高樓也。」陸德明釋文：「譙，本亦作嶕。」成玄英疏：「言其華麗嶕嶢也。」此處意同譙樓、鼓樓。小單于，樂曲名。李益《聽曉角》詩：「無限塞鴻飛不度，秋風吹入小單于。」《樂府詩集》卷二十四：「按唐大角曲有《大單于》《小單于》等曲，今其聲猶有存者。」

〔三〕迢迢句，謂長夜正消逝。清夜，静夜。江淹《銅爵妓》詩：「清夜何湛湛，孤獨映蘭幕。」徂，逝去。杜甫《倦夜》詩：「萬事干戈裏，空悲清夜徂。」

〔四〕鄉夢二句，謂鄉夢醒來仍是孤身一人。《詩詞曲語辭匯釋》卷三「斷」字條云：「猶盡也，煞也，極也，住也。」此爲盡意。即夢醒也。旅魂，客心。杜甫《夜》詩：「露下天高秋氣清，空山獨夜旅魂驚。」

〔五〕峥嶸句，謂不平凡之年歲又已終了。峥嶸，指歲月，意爲不平常。鮑照《舞鶴賦》：「歲峥嶸而愁莫。」杜甫《敬贈鄭諫議十韻》：「築居仙縹緲，旅食歲峥嶸。」除，年終，此處作動詞。孟浩然《歲暮歸南山》：「白髮催年老，青陽逼歲除。」

〔六〕衡陽二句，衡陽，古衡州治所。相傳此處有回雁峰，北雁南飛，到此而止。《輿地紀勝》荆湖南路衡州：「回雁峰，在州城南，或曰雁不過衡陽，或曰峰勢如雁之回。」傳書，用蘇武事。《漢書·蘇武傳》：「漢求武等，匈奴詭言武死……(常惠)教使者謂單于，言天子射上林中得雁，足有係帛書，言武等在某澤中。」飛雁傳書之説本此。郴陽，即郴縣，郴州治所。句謂衡陽雖遠，雁尚能至，猶有音信可達，而郴州連雁也不能來，自無書信可言。《詩詞曲語辭匯釋》卷一「和」字條云：「猶連也。」和雁無，連雁也無。

滿庭芳(三首)①

北苑研膏[一],方圭圓璧[二],萬里名動京關②。碎身粉骨[三],功合上凌煙。尊俎風流戰勝[四],降春睡、開拓愁邊[五]。纖纖捧[六],香泉濺乳[七],金縷鷓鴣斑[八]。

相如方病酒[九],一觴一詠[一〇],賓有群賢。便扶起燈前、醉玉頽山[一一]。搜攪胸中萬卷[一二]③,還傾動、三峽詞源[一三]。歸來晚,文君未寢[一四],相對小妝殘。

【校記】

①[調名]張本、胡本、鄧本、毛本、四庫本、龍本調下有題「詠茶」。毛本、四庫本有注:「或刻黄山谷」。②[萬里名動]彊村本作「名動萬里」。③[搜攪],毛本、四庫本、王本、彊村本、龍本作「搜攪」。

【箋注】

此詞詠茶。唐圭璋《宋詞四考·宋詞互見考》:「按此黄庭堅詞,見彊村本《山谷琴趣外編》。《能改齋漫録》云:『山谷少時嘗作茶詞,調寄滿庭芳。其後增損前詞,止詠建茶,即此詞也。并有陳後山同韻和詞。據此則爲黄詞明甚。《淮海詞》收之,毛本《山谷詞》删之,并誤。』」按,此説是,且其風格亦不類秦詞。然今姑仍之,俟再考。

〔一〕北苑，福建有名産茶區。《茶經》：「昔者山川尚閟，靈芽未露，至於唐末，然後北苑出焉。」《西溪叢語》：「建州龍焙面北，謂之北苑。」趙汝礪《北苑别録》：「建安之東三十里，有山曰鳳凰，其下直北苑，旁聯諸焙，厥土赤壤，厥茶惟上上。太平興國中，初爲御焙，歲模龍鳳，以羞供篚，益表珍異。慶曆中，漕臺益重其事，品數日增，制度日精。厥今茶自北苑上者，獨冠天下。」建州，故治在今福建建甌。研膏，指製茶。《畫墁録》：「貞元中，常衮爲建州刺史，始蒸焙而研之，謂之研膏茶。」又陸龜蒙《和茶具十詠·茶焙》：「左右擣凝膏，朝昏布煙縷。方圓隨樣拍，次第依層取。」可見蒸焙爲茶膏，然後團成各種形狀。

〔二〕方圭圓璧，圭、璧，皆玉器。圭爲長條形，上端作三角狀。璧作平圓形，中有孔。梅堯臣《鳳茶》詩：「團爲蒼玉璧。」

〔三〕碎身二句，指茶餅研碎後放於煙火上烹煮。黄庭堅《奉同六舅尚書詠茶碾煎烹三首》其一云：「碎身粉骨方餘味，莫厭聲喧萬壑雷。」

〔四〕尊俎句，謂茶在宴間以風雅取勝。張協《雜詩十首》之七：「折衝尊俎間，制勝在兩楹。」《文選》李善注引《晏子春秋》曰：「晉平公使范昭觀齊國政，景公觴之。范昭起曰：『願得君之樽爲壽。』公令左右酌樽以獻，晏子命撤去之，范昭不悦而起舞，顧太師曰：『爲我奏成周之樂。』太師曰：『盲臣不習也。』范歸謂平公曰：『齊未可并。吾欲試其君，晏子知之。吾欲犯其樂，太師知之。』於是輟伐齊謀。孔子聞之曰：『善哉！不出樽俎之間，而折衝千里之外，晏子之謂也。』」

〔五〕降春睡句，謂茶能降伏睡魔，解除愁煩。黄庭堅《謝公擇舅分賜茶三首》之二曰：「文書滿座惟生睡，夢里鳴鳩唤雨來。乞與降魔大圓鏡，真成破柱作驚雷。」任淵注：「魔以言睡，鏡以比茶。」

〔六〕纖纖捧，美女捧茶。纖纖，女手。《詩·魏風·葛屨》：「摻摻女手，可以縫裳。」毛傳：「摻摻，猶纖纖也。」孟郊《會和聯句》：「雪弦寂寂聽，茗碗纖纖捧。」黄庭堅《答黄冕仲索煎雙井并簡楊休》：「惜無纖纖來捧碗。」

〔七〕香泉濺乳，狀所煎之茶。皮日休《煮茶》詩：「香泉一合乳，煎作連珠沸。」曹鄴《茶》詩：「碧波霞脚碎，香泛乳花輕。」

〔八〕金縷，指精美茶名貴之茶。歐陽修《歸田録》：「茶之品莫貴於龍鳳團，始於丁晋公，凡二十餘餅，重一斤，值金二兩。然金可有，而茶不可能。每因南郊致齋，中書樞密院各贈一餅，四人分之。往往鏤金其上，其貴重如此。」鷓鴣斑，名香之一種。黄庭堅《有惠江南帳中香者戲答六言二首》詩之二：「螺甲割昆侖耳，香材屑鷓鴣斑。」任淵注引《倦遊録》云：「高竇等州産生結香，山民見香木曲干斜枝，以刀斫成坎，經年得雨水漬，復鋸取之，刮去白木，其香結爲斑點，亦名鷓鴣斑。」

〔九〕相如句，司馬相如，作者自喻。

〔一〇〕一觴一詠，指飲酒賦詩。王羲之《蘭亭集序》："一觴一詠，亦足以暢叙幽情。"

〔一一〕醉玉頽山，喻自己醉體。《世説新語·容止》："嵇康身長七尺八寸，風姿特秀。見者嘆曰：『蕭蕭肅肅，爽朗清舉。』或云：『肅肅如松下風，高而徐行。』山公曰：『嵇叔夜之爲人也，岩岩若孤松之獨立，其醉也，傀然若玉山之將崩。』"駱賓王《疇昔篇》："不識金貂重，偏惜玉山頽。"

〔一二〕胸中萬卷，杜甫《奉贈韋左丞丈二十二韻》："讀書破萬卷，下筆如有神。"

〔一三〕三峽詞源，杜甫《醉歌行》："詞源倒流三峽水，筆陣横掃千人軍。"

〔一四〕文君，卓文君，西漢臨邛富人卓王孫之女。司馬相如客臨邛，時文君新寡，相如以琴心挑之，文君夜奔相如。事見《史記·司馬相如傳》。此處喻指妻妾。

【評説】

吴曾《能改齋漫録》：豫章先生少時嘗爲茶詞，寄《滿庭芳》云："北苑龍團，江南鷹爪，萬里名動京關。碾深羅細，瓊蕊冷生烟。一種風流氣味，如甘露不染塵煩。纖纖捧，冰瓷弄影，金縷鷓鴣斑。相如方病酒，銀瓶蟹眼，驚鷺濤翻，爲扶起尊前，醉玉頽山。飲罷風生兩腋，醒魂到明月輪邊。歸來晚，文君未寢，相對小窗前。"其後增損其詞，止詠建茶云："北苑研膏，方圭圓璧，萬里名動天關。碎身粉骨，功合在凌烟。尊俎風流戰勝，降春夢，開拓愁邊。纖纖捧，香泉濺，金縷鷓鴣斑。相如雖病渴，一觴一詠，賓有群賢。便扶起，燈前醉玉頽山。搜攪胸中萬卷，還傾動，三峽辭源。歸來晚，文君未寢，相對小妝殘。」辭意益工也。後山陳無己同韻和之云：「北苑先春，琅函寶韞，帝所分落人間。綺窗纖手，一縷破雙團。雲裏遊龍舞鳳，香霧靄飛入雕盤。華堂靜，松風雲竹，金鼎沸潺湲。門闌車馬動，浮黄嫩白，小袖高鬟。便胸臆輪囷，肺腑生寒，喚起謫仙醉倒，翻湖海傾盡濤瀾。笙歌散，風簾月幕，禪榻鬢絲斑。」

其二（此詞正少游所作，人傳王觀撰，非也）①

曉色雲開②，春隨人意，驟雨才過還晴。古臺芳榭③〔一〕，飛燕蹴紅英〔二〕。舞困榆錢自落〔三〕，鞦韆外，緑水橋平。東風裏，朱門映柳〔四〕，低按小秦箏〔五〕。　多情，行樂處，珠鈿翠蓋〔六〕，玉轡紅纓〔七〕。漸酒空金榼〔八〕，花困蓬瀛〔九〕。豆蔻梢頭舊恨〔一〇〕，十年夢，屈指堪驚。憑闌久，疏煙淡日，寂寞下蕪城〔一一〕。

【校記】

①〔調名〕〔其二〕張本、胡本、鄧本、毛本、四庫本、王本作「又」。毛本、四庫本注云：「向誤王觀。」

②〔曉色〕毛本、四庫本作「晚色」。　③〔古臺〕張本、胡本、鄧本、毛本、四庫本、王本皆作「高臺」。

【箋注】

此詞寫舊日繁華生活，嘆其逝若夢境。似爲紹聖初貶謫時所作。可與《望海潮》（梅英疏淡）、《夢揚州》參看，意旨并同。

〔一〕古臺芳榭，古老華美之臺榭。《尚書・泰誓》：「惟宮室臺榭，陂池侈服。」孔傳：「土高曰臺，有木曰榭。」

〔二〕飛燕句，寫燕戲落花。此本杜甫詩《城西陂泛舟》：「魚吹細浪摇歌扇，燕蹴飛花落舞筵。」杜句本何遜《贈王右丞僧孺》：「游魚亂水葉，輕燕逐風花。」紅英，紅花。李煜《採桑子》：「亭前春逐紅英盡。」

〔三〕榆錢，即榆莢。《本草綱目》：「（榆）白者名枌，其木甚高大。未生葉時，枝條間先生榆莢，形狀似錢而小，色白成串。俗呼榆錢。」庾信《燕歌行》：「榆莢新開紅似錢。」皮日休《桃花賦》：「近榆錢兮妝翠靨。」

〔四〕朱門，紅漆大門。喻富貴人家。《晉書・麴允傳》：「與遊氏世爲豪族。西州爲之語曰：『麴與遊，牛羊不數頭。東開朱門，北望青樓。』」郭璞《遊仙詩》：「朱門何足榮。」

〔五〕秦箏，一種弦樂器。相傳爲秦人蒙恬改製，故名。曹植《箜篌引》：「秦箏何慷慨，齊瑟和且柔。」又參見《長相思》「秦弦」注。

〔六〕珠鈿翠蓋，乘車仕女及華貴車乘。珠鈿，以珠寶製成之花朵狀首飾。何遜《折花聯句》：「欲以間珠鈿，非爲相思折。」此指戴首飾之貴族婦女。翠蓋，以翠鳥羽毛裝飾的車蓋。揚雄《甘泉賦》：「咸翠蓋而鸞旗。」

〔七〕玉轡紅纓，精美之馬具，代指乘馬男子。玉轡，飾玉之韁繩。陳陶《巫山高》：「苔裳玉轡紅霞幡。」紅纓，飾於馬胸之紅色革帶。岑參《紫騮馬歌》：「紅纓紫鞚珊瑚鞭。」

〔八〕金榼，金製盛酒具。《舊唐書·懿宗紀》：「咸通十年，授張元稔銀青光禄大夫，賜金榼一枚。」此處泛指華美酒具。

〔九〕花困蓬瀛，爲蓬瀛之花所困。蓬瀛，蓬萊、瀛洲，傳説中仙山。《漢書·郊祀志上》：「自威、宣、燕昭使人入海求蓬萊、方丈、瀛洲，此三神山者，其傳在渤海中，去人不遠。」兩句謂飲酒賞花，樂於塵俗之外。

〔一〇〕豆蔻二句，用杜牧詩意。已累見。意爲相思未了，舊事堪驚。實寓仕途無限今昔之感。

〔一一〕蕪城，即揚州。鮑照有《蕪城賦》，哀廣陵之荒蕪，後遂稱揚州爲蕪城。

【評説】

許昂霄《詞綜偶評》：「曉色雲開」三句，天氣；「古臺芳樹」四句，景物；「東風裏」三句，漸説到人事；「珠鈿翠蓋」二句，會和；「漸酒空」四句，離别；「疏煙淡日」二句，與起句反照作收。

黄蓼園《蓼園詞選》：此必少游被謫後作。「雨過還晴」承恩未久也。「燕蹴紅英」小人讒構也。「榆錢」，自喻也。「緑水橋平」隨所適也。「朱門秦筝」，彼得意者自得意也。前段叙事，後段則事後追憶之詞。「行樂」三句，追從前也。「酒空」二句，言被謫也。「豆蔻」二句結。通首黯然自傷也，章法極綿密。

其三（茶詞）①

雅燕飛觴〔一〕，清談揮麈〔二〕，使君高會群賢〔三〕。密雲雙鳳，初破縷金團〔四〕。窗外爐煙似動，開瓶試一品奔泉②〔五〕。輕淘起，香生玉塵③，雪濺紫甌圓〔六〕。嬌鬟、宜美眄〔七〕，雙擎翠袖〔八〕，穩步紅蓮〔九〕。坐中客、翻愁酒醒歌闌。點上紗籠畫燭〔一〇〕，花驄弄月影當軒〔一一〕。頻相顧，餘歡未盡，欲去且留連〔一二〕。

【校記】

①〔其三〕張本、胡本、鄧本、毛本、四庫本、王本作「又」。〔茶詞〕二字張本、胡本、鄧本、彊村本無。

②〔瓶〕張本、鄧本、毛本、四庫本作「尊」。〔奔泉〕底本原作「香泉」，從鄧本、毛本、四庫本、王本、龍本改。

③〔玉塵〕張本、胡本、鄧本、毛本、四庫本、王本、彊村本、龍本作「玉乳」。

【箋注】

此詞詠茶。或作米芾詞，唐圭璋《宋詞四考·宋詞互見考》：「按此首秦觀詞，見《淮海詞》。《寶晉長短句》誤收作米詞。」

〔一〕雅燕，即雅宴。高雅之宴集。李商隱《五言述德抒情詩一首四十韻獻上杜七兄僕射相公》：「雅宴初無倦，長歌底有情。」飛觴，即舉觴飲酒。觴，盛酒器，呈雀形，稱羽觴。《漢書·孝成班婕妤傳》：「酌羽觴兮銷憂。」孟康注：「羽觴，爵也，作生爵形，有頭尾羽翼。」羽觴既爲雀形，因稱舉觴爲飛觴。白居易《宣州崔大夫閣老以近詩數十首見示吟諷之下竊有所喜，因成長句寄題郡齋》云：「再喜宣城章句動，飛觴遥賀敬亭山。」

〔二〕清談揮麈，用王衍事。《晉書·王衍傳》：「衍字夷甫，神情明秀，風姿詳雅……終日清談，而縣務亦理……既有盛才美貌，明悟若神，尚自比子貢。兼聲明藉甚，傾動當世。妙尚玄言，唯談老莊爲事。每提玉柄麈尾，與手同色。義理有所不安，隨即改更，世號『口中雌黄』。朝野翕然，謂之『一世龍門』矣。矜高浮誕，遂成風俗焉。」

〔三〕使君，漢時刺史之代稱。《古樂府·陌上桑》：「使君從南來，五馬立踟躕。」後用以尊稱州郡長官。高會，盛宴。《史記·項羽本紀》：「乃遣其子宋襄相齊，身送之至無鹽，乃飲酒高會。」司馬貞《索隱》引服虔云：「高會，大會也。」此處用如動詞，謂隆重宴請也。

〔四〕密雲二句，密雲，茶名。又名密雲龍。毛本《東坡詞》《行香子》詞下注云：「密雲龍，茶名。極爲甘馨。宋廖正一，字明略，晚登蘇東坡之門，公大奇之。時黄秦晁張號蘇門四學士，東坡待之厚。每來，必令侍妾朝雲取密雲龍，家人以此知之。一日又命取密雲龍，家人謂是四學士，窺之，乃廖明略也。」可見密雲龍爲茶中珍品。雙鳳，茶名。其茶餅有鳳紋。陳繼儒《茶董補》引《負曝雜録》：「宋太平興國二年始置龍鳳模，遣使即北苑團龍鳳茶，以别庶飲。」楊大年《談苑》：「貢茶凡十品，曰：龍茶、鳳茶、京挺、的浮、石乳、白乳、頭金、蠟面、頭骨、次骨。龍茶以貢乘輿，及賜執政、親王、長主。餘皇族、學士、將帥，皆得鳳茶。」鏤金團，珍貴之茶餅。參見《滿庭芳（北苑研膏）》詞注。

〔五〕開瓶試句，謂以瓶中最佳之泉水煎茶。

〔六〕紫甌，茶具。蔡襄《試茶》：「兔毫紫甌新，蟹眼清泉煮。」

〔七〕美眄，做出斜視之美態。

〔八〕高擎翠袖，雙手舉起。翠袖，女子衣袖。杜甫《佳人》詩：「天寒翠袖薄，日暮倚修竹。」

〔九〕紅蓮，指脚。《南史·東昏侯紀》：「鑿金爲蓮華以貼地，令潘妃行其上，曰：『此步步生蓮花也。』」後稱小脚爲金蓮。紅蓮，義同，以著紅鞋，故稱。

〔一〇〕紗籠畫燭，華麗之燈燭。紗籠，燈籠。白居易《宿東亭曉興》：「温温土爐火，耿耿紗籠燭。」畫燭，有花飾之燭。白居易《題周皓大夫新亭子二十二韻》：「侍兒催畫燭，醉客吐文茵。」

〔一一〕花驄，青白色馬。杜甫《驄馬行》：「鄧公馬癖人共知，初得花驄大宛種。」

〔一二〕留連，留戀不忍去。《南史·江斅傳》：「數與宴賞，留連日夜。」高適《行路難》：「五侯相逢大道邊，美人弦管爭留連。」

【評説】

陳廷焯《白雨齋詞話》：少游《滿庭芳》諸曲，大半被放後作。戀戀故國，不勝熱中。其用心不逮東坡之忠厚，而寄情之遠，措語之工，則各有千古。

桃源憶故人①

玉樓深鎖薄情種②〔一〕，清夜悠悠誰共。羞見枕衾鴛鳳〔二〕，悶即和衣擁。無端畫角嚴城動〔三〕，驚破一番新夢。窗外月華霜重〔四〕，聽徹梅花弄〔五〕。

【校記】

①〔調名〕毛本、四庫本作「虞美人影」。②〔玉樓〕毛本、四庫本作「秦樓」。

【箋注】

此詞寫長夜之寂寞無歡。《永樂大典》卷三〇〇五誤作晏幾道詞。《古今别腸詞選》又誤作唐裴度詞。

〔一〕玉樓，華麗之高樓。李白《宮中行樂詞八首》之二：「玉樓巢翡翠，珠殿鎖鴛鴦。」《十洲記》云：「昆侖山一角有城，『城上安金臺五所，玉樓十二所。』」薄情種，此用其反義，意爲多情種子。

〔二〕羞見，怕見。《詩詞曲語辭匯釋》卷五「羞」字條云：「羞，猶怕也。亦猶云怕見也。」又云：「蘇軾《題織錦圖上回文》詩：『羞看一首回文錦，錦似文君别恨深。』羞看，怕看也。」

〔三〕無端句，無奈城中畫角響。無端，無奈。張籍《使行望悟真寺》詩：「無端來去騎官馬，寸步教身不得遊。」晝角，參見《滿庭芳（山抹微雲）》箋注。嚴城，有警戒更鼓之城。沈約《齊故安陸昭王碑文》：「寒草未衰，嚴城於焉早閉。」《文選》李善注引《抱朴子》：「鮑生曰：『人君恐奸釁之不虞，故嚴城以備之。』」何遜《臨行公車》詩：「禁門儼猶備，嚴城方警夜。」

〔四〕月華，月色，月光。梁元帝《烏棲曲》：「復值西施新浣紗，共向江干眺月華。」

〔五〕聽徹，聽畢。徹，畢、盡。元稹《琵琶歌》：「逡巡彈得六幺徹，霜刀破竹無殘節。」彈徹，從頭至尾彈畢也。于武陵《王將軍宅夜聽歌》：「一曲聽初徹，幾年愁暫開」。聽初徹，從頭至尾始聽畢也。此句義同。梅花弄，樂曲。又名《梅花引》《玉妃引》《梅花曲》。全曲主調反復出現三次，故稱《梅花三弄》。傳説係根據晉代桓伊之笛曲《三調》改編而成。

【評説】

彭孫遹《金粟詩話》：詞人用語助入詞者甚多，入艷詞者絶少。惟秦少游「悶則和衣擁」新奇之甚。用「則」字亦僅見此詞。

陳廷焯《白雨齋詞話》引彭駿孫《金粟詩話》云：「詞人用語助入詞者甚多……」按此乃少游惡劣語，何新奇之有？至用「則」字入詞，宋人中屢見。有「拌則而今已拌了，忘則怎生便忘得？」又「憶則如何不憶」之類，亦豈謂之「僅見」？

淮海居士長短句下

調笑令（十首并詩）①

王昭君〔一〕②

詩曰③

漢宮選女適單于〔二〕。明妃斂袂登氈車〔三〕。玉容寂寞花無主〔四〕，顧影低回泣路隅〔五〕。行行漸入陰山路〔六〕。目送征鴻入雲去④〔七〕。獨抱琵琶恨更深〔八〕，漢宮不見空回顧。

曲子⑤

回顧，漢宮路，捍撥檀槽鸞對舞⑥〔九〕。玉容寂寞花無主，顧影偷彈玉箸。未央宮殿知何處〔一〇〕，目送征鴻南去。

右一⑦

【校記】

①［調名］毛本、四庫本調下無「十首并詩」四字。②詩題「王昭君」，毛本、四庫本置於曲子末尾，而無「右一」二字。下九首同。③［詩曰］毛本、四庫本、王本無此二字。下九首同此。④［目送］彊村本作「目斷」。⑤［曲子］毛本、四庫本、王本無此二字。下九首同此。⑥［捍撥］底本作「桿撥」，從張本、毛本、四庫本、王本改。⑦［右一］毛本、四庫本作「右王昭君」，下九首仿此。

【箋注】

此首詠王昭君和親事。

［一］王昭君，漢元帝時宮人，名嬙。時漢、匈恢復和親，昭君自願請行，因去匈奴爲閼氏。《漢書》卷九《元帝紀》：「竟寧元年春正月，匈奴虖韓邪單于來朝。詔曰：『匈奴郅支單于背叛禮義，既伏其辜，虖韓邪單于不忘恩德，鄉慕禮義，復修朝賀之禮，願保塞傳之無窮，邊垂長無兵革之事，其改元爲竟寧，賜單于待詔掖庭王嬙爲閼氏。』」注引應劭曰：「郡國獻女未御見，須命於掖庭，故曰待詔。王嬙，王氏女，名嬙，字昭君。」文穎曰：「本南郡秭歸人也。」《漢書・匈奴傳》及《後漢書・南匈奴傳》所載略同。惟《西京雜記》謂元帝後宮既多，乃以圖形召幸，宮人皆争賂

畫工，而昭君不與。於是工人乃醜其形，因不得見御。後匈奴求閼氏，元帝乃以昭君與之。及見，大悔之。按王檣，或作王嬙。

〔二〕單于，匈奴君主號。全稱爲「撐犁孤涂單于」，「撐犁」意爲天，「孤涂」意爲子，「單于」意爲廣大。「單于」是其省稱。

〔三〕明妃，即昭君。石崇《王明君詞序》：「王明君者，本是王昭君，以觸文帝（按，即司馬昭）諱改焉。」後又稱明妃。江淹《恨賦》：「明妃去時，仰天歎息。」

〔四〕玉容寂寞句，寫其悲泣。白居易《長恨歌》：「玉容寂寞淚闌干，梨花一枝春帶雨。」

〔五〕顧影句，寫其不忍去。《後漢書·南匈奴傳》：「昭君豐容靚飾，光明漢宫。顧影徘徊，竦動左右。」

〔六〕行行句，寫遠行。石崇《王昭君詞》：「行行日已遠，遂造匈奴城。」陰山，中國北部山脈。起於河套西北，横亘内蒙古自治區境内，東接内興安嶺。

〔七〕目送征鴻，謂見北雁南飛，心有所感。嵇康《贈秀才入軍》詩：「目送歸鴻，手揮五弦。」

〔八〕獨抱琵琶，寫其一路以彈琵琶抒恨。按此爲想象之詞。出於石崇，其《王明君詞序》云：「昔公主嫁烏孫，令琵琶馬上作樂以慰其道路之思；其送明君亦必爾也。其造新曲多哀怨之聲，故叙之於紙云爾。」可見彈琵琶是擬烏孫公主於昭君也。

〔九〕捍撥，彈琵琶之撥子。白居易《代琵琶弟子謝女師曹供奉寄新調弄譜》詩：「珠顆淚沾金捍撥，紅妝弟子不勝情。」檀槽，琵琶面上架弦之格子，檀木所作。王建《宫詞》：「黄金捍撥紫檀槽，弦索初張調更高。」又李商隱《定子》詩：「檀槽一抹廣陵春。」馮浩注引《明皇雜録》曰：「中官白秀貞自蜀使回，得琵琶以獻，其槽以欏桫檀爲之。清潤如玉，光輝可鑒。」

〔一〇〕未央宫殿，漢宫殿名。

樂昌公主〔一〕

詩曰

金陵往昔帝王州。樂昌主第最風流。一朝隋兵到江上〔二〕，共抱淒淒去國愁〔三〕。越公萬騎鳴簫鼓①〔四〕。劍擁玉人天上去〔五〕。空携破鏡望紅塵，千古江楓籠輦路〔六〕。

曲子

輦路，江楓古，樓上吹簫人在否〔七〕。菱花半璧香塵汙〔八〕，往日繁華何處。舊歡新愛誰是主②〔九〕，啼笑兩難分付。

右二

【校記】

①［簫鼓］張本、胡本、鄧本、毛本、四庫本、王本、彊村本并作「笳鼓」。②［誰是主］張本、胡本、鄧本、毛本、四庫本、王本、彊村本、龍本作「誰爲主」。

【箋注】

此首詠樂昌分鏡故事。

〔一〕樂昌公主，陳朝公主。孟棨《本事詩·情感第一》：「陳太子舍人徐德言之妻，後主叔寶之妹，封樂昌公主，才色冠絶。時陳政方亂，德言知不相保，謂其妻曰：『以君之才容，國亡必入權豪之家，斯永絶矣！儻情緣未斷，猶冀相見，宜有以信之。』乃破一鏡，人執其半，約曰：『他日必以正月望日賣於都市，我當在，即以是日訪之。』及陳亡，其妻果入越公楊素之家，寵嬖殊厚。德言流離辛苦，僅能至京，遂以正月望日訪於都市。有蒼頭賣半鏡者，大高其價，人皆笑之。德言直引至其居，設食，具言其故。出半鏡以合之，仍題詩曰：『鏡與人俱去，鏡歸人不歸。無復嫦娥影，空留明月輝。』陳氏得詩，涕泣不食。素知之，愴然改容，即召德言，還其妻，仍厚遺之。聞者無不感歎。仍與德言、陳氏偕飲。令陳氏爲詩，曰：『今日何遷次，新官對舊官。笑啼俱不敢，方驗作人難。』遂與德言歸江南，竟以終老。」

〔二〕一朝隋兵句，指隋滅陳。按《北史》，隋文帝開皇八年，命晉王楊廣、秦王楊俊、清河公楊素并爲行軍元帥以討陳。晉王出六合，秦王出襄陽，清河公出信州，荊州刺史劉仁恩出江陵，宜陽公王世積出蘄春，新義公韓擒虎出廬江，襄邑公賀若弼出吴州，落叢公燕榮出東海，合總管九十，兵五十一萬八千，皆受晋王節度。開皇九年春，賀若弼敗陳師於蔣山，獲其將蕭摩訶，韓擒虎進師入建鄴，獲陳叔寶。陳國平。

〔三〕淒淒，忙碌不安貌。白居易《傷友》：「陋巷孤寒士，出門苦淒淒。」

〔四〕越公，指楊素。素字處道，弘農華陰人。初仕北周，任車騎大將軍，儀同三司。後從楊堅，入隋封越國公，官至司徒。改封楚國公。

〔五〕玉人，言容華絶美。《晋書·衛玠傳》：「總角，羊車入市，見者皆以爲玉人。」此處指美女。

〔六〕江楓，指江南景物。《楚辭·招魂》：「湛湛江水兮，上有楓。目極千里兮，傷春心。魂兮歸來，哀江南。」

〔七〕樓上吹簫句，謂人去樓空。吹簫人，指簫史、弄玉。《列仙傳》上：「簫史者，秦穆公時人，善吹簫，能致孔雀白鶴於庭。穆公有女字弄玉好之，公遂以女妻焉。日教弄玉作鳳鳴。居數年，吹似鳳聲，鳳凰來止其屋。公爲作鳳臺，夫婦止其上。一旦皆隨鳳凰飛去。」此處喻樂昌公主與徐德言離去。

〔八〕菱花半璧，指破鏡。菱花，鏡。《埤雅·釋草》：「舊説，鏡謂之菱花，以其面平，光影所成如此。」庾信《鏡賦》：「照壁而菱花自生。」李白《代美人愁鏡二首》之二曰：「狂風吹却妾心斷，玉箸并墮菱花前。」璧，圓形玉。半璧，指破鏡。

〔九〕舊歡新愛二句，用樂昌公主詩意，詳見注。

崔徽〔一〕

詩曰

蒲中有女號崔徽〔二〕。輕似南山翡翠兒〔三〕。使君當日最寵愛〔四〕，坐中對客常擁持。一見裴郎心似醉。夜解羅衣與門吏。西門寺裏樂未央〔五〕，樂府至今歌翡翠。

曲子

翡翠，好容止〔六〕，誰使庸奴輕點綴〔七〕。裴郎一見心如醉，笑裏偷傳深意①。羅衣中夜與門吏，暗結城西幽會。

右三

【校記】

①［深意］彊村本、龍本皆作「心意」。

【箋注】

此詞詠崔徽與裴敬中戀愛故事。

〔一〕崔徽，唐代倡女。據元稹《崔徽歌并序》：「崔徽，河中府娼也。裴敬中以興元幕使蒲州，與徽相從累月。敬中使還，崔不得從爲恨，因而成疾。有丘夏善寫人形，徽托寫真寄敬中曰：『崔徽一旦不及畫中人，且爲郎死。』發狂卒。」詩曰：「崔徽本不是娼家，教歌按舞娼家長。使君知有不自由，坐在頭時立在掌。有客有客名丘夏，善寫儀容得姿把。爲徽持此謝郎中，以死報郎爲□□。」又毛滂《東堂詞》亦有《調笑》詠崔徽一首。

〔二〕蒲中，即蒲州。開元中嘗升爲河中府，旋復爲州。治所在河東縣，即今山西永濟縣蒲州鎮。

〔三〕翡翠，鳥名。《太平御覽·羽族部》引《異物志》：「翠鳥似燕，翡赤而翠青，其羽可以爲飾。」此處以翡翠擬崔徽之身輕而艷。

〔四〕使君，此指蒲州守。

〔五〕樂未央，猶言樂未已、樂無窮。劉禎《公宴》詩：「永日行遊戲，歡樂猶未央。」

〔六〕容止，容貌舉止。《左傳·襄公三十一年》：「故君子在位可畏，施捨可愛，進退可度，周旋可則，容止可觀，作事可法，德行可象，聲氣可樂。」

〔七〕點綴，陪襯修飾。《世説新語·言語》：「司馬太傅齋中夜坐，於時天月明净，都無纖翳，太傅嘆以爲佳。謝景重在坐，答曰：『意謂乃不如微雲點綴。』」此處意爲裝飾。

無雙〔一〕

詩曰

尚書有女名無雙。娥眉如畫學新妝〔二〕。姊家仙客最明俊①，舅母惟只呼王郎。尚書往日先曾許。數載暌違今復遇〔三〕。聞説襄王二十年②，當時未必輕相慕。

曲子

相慕，無雙女，當日尚書先曾許。王郎明俊神仙侶，腸斷别離情苦。數年暌恨今復遇，笑指襄江歸去。

右四

【校記】

①〔姊家〕張本、胡本、鄧本、毛本、四庫本、王本、龍本并作「伊家」。 ②〔襄干〕張本、胡本、鄧本、毛本、四庫本、王本、彊村本、龍本皆作「襄江」。

此詞詠劉無雙與王仙客之愛情故事。

【箋注】

〔一〕無雙，唐人傳奇中人物。據薛調《無雙傳》，唐王仙客者，建中中朝臣劉震之甥也。初，仙客父亡，與母同歸外氏。震有女曰無雙，小仙客數歲，皆幼稚，戲弄相狎。震之妻常戲呼仙客爲王郎子，如是者凡數歲。而震奉孀姊及撫仙客尤至。一日王氏姊疾，且重，召震約曰：「我一子，念之可知也，恨不見婚宦。無雙端麗慧聰，我深念之，異日無令歸他族。我以仙客爲託，爾誠許我，瞑目無所恨也。」震曰：「姊宜安静自頤養，無以他事自撓。」其姊竟不痊。仙客護喪歸襄鄧，服闋，思念身世孤孑如此，宜求婚娶以廣後嗣。無雙長成矣，我舅氏豈以位尊官顯而廢舊約耶？於是飾裝抵京師。時震爲尚書租庸使，門館赫奕，冠蓋填塞。仙客既覲，致於學舍，弟子爲伍，舅甥之分依然如故。但寂然不聞選取之議，又於窗隙間窺見無雙，姿質明艷，若神仙中人，仙客發狂，唯恐姻親之事不諧矣。遂鬻囊橐，得錢數百萬。舅氏舅母左右給使，達於厠養，皆厚遺之。一日震趨朝，至日初出，忽然走馬入宅，汗流氣促，唯言鏁却大門，鏁却大門。一家惶駭不測其由。良久乃言，涇原兵士反，姚令言領兵入含元殿，天子出苑北門，百官奔赴行在。我以妻女爲念，略歸部署，疾召仙客與我勾當家事，我嫁與爾無雙。仙客聞命，驚喜拜謝。不意亂中失散，仙客仍驚走歸襄陽。村居三年後，知尅復京闕，海内無事，乃入京訪舅氏消息。聞報曰尚書受僞命官，與夫人皆處極刑。無雙已入掖庭矣。仙客哀冤號絶，感動鄰里。

謂舊倉頭塞鴻曰，四海至廣，舉目無親戚，未知託身之所。又問曰：舊家人誰在？鴻曰，唯無雙所使婢採蘋者，今在金吾將軍王遂中宅。仙客曰無雙固無見期，得見採蘋死亦足矣。由是乃刺謁以從姪禮見遂中，具道本末，願納厚價以贖採蘋。遂中深見相知，感其事而許之。仙客税屋與鴻、蘋居。忽報有使押領内家三十人往園陵以備洒掃，宿長樂驛，仙客因令塞鴻假爲驛吏，烹茗於簾外，至夜深，群動皆息，塞鴻滌器構火，不敢輒寐，忽聞簾下語曰塞鴻塞鴻，汝爭得知我在此也。郎健否？言訖嗚咽。塞鴻曰：郎君見知此驛，今日疑娘子在此，令塞鴻問候。塞鴻疾告仙客，仙客驚曰我何得一見？塞鴻曰今方修渭橋，郎君可假作理橋官，車子過橋時，當得瞥見。仙客如其言，至第三車子，果開簾子，窺見真無雙也。仙客悲感怨慕，不勝其情。塞鴻於閣子中褥下得書送仙客。謂常見敕使説富平縣古押衙，人間有心人，今能求之否？仙客遂造謁見古生。生所願，必力致之，繒綵寶玉之贈，不可勝紀。一年未開口，秩滿閒居於縣，古生忽來，謂仙客曰：「洪一武夫，年且老，何所用？郎君於某竭分，察郎君之意，將有求於老夫。老夫乃一片有心人也，感郎君之深恩，願粉身以答效。」仙客泣拜，以實告古生。古生仰天以手拍腦數四曰：「此事大不易，然與郎君試求，不可朝夕便望。」仙客拜曰：「但生前得見，豈敢以遲晚爲恨耶？」半歲無消息。一日扣門，乃古生送書。書云，茅山使者迴，且來此。仙客奔馬去，見古生。生乃無一言。又啓使者，復云：殺却也，且喫茶。夜深謂仙客曰：宅中有女家人識無雙否？仙客以採蘋對。仙客立取而至。古生端相且笑且喜云，借留三五日，郎君且歸。後累日，忽傳説曰有高品過，處置園陵宫人。仙客心甚異之，令塞鴻探所殺者，乃無雙也。仙客號哭，乃歎曰：本望古生，今死矣，爲之奈何！流涕歔欷，不能自已。是夕更深聞扣門甚急，及開門，乃古生也。領一篼子入。謂仙客曰：此無雙也，今死矣。心頭微暖，後日當活。微灌湯藥，切須静密。言訖，仙客抱入閣子中獨守之。至明，遍體有暖氣。見仙客哭，一聲遂絶。救療至夜，方愈。古生曰：郎君莫怕，今日報郎君恩足矣。比聞茅山道士有藥術，其藥服之者立死，三日却活。某使人專求得一丸，昨令採蘋假作中使，以無雙逆黨，賜此藥令自盡。至陵下託以親故，百縑贖其屍。凡道路郵傳，皆厚賂矣。必免漏泄，茅山使者及舁篼人在野外處置訖。老夫爲郎亦自刎，郎君不得更居此。未明發，歷西蜀下峽，其後歸故鄉，爲夫婦五十年，何其異哉！

〔二〕蛾眉，形容女子眉毛。《詩·魏風·碩人》：「螓首蛾眉。」

〔三〕睽違，分離。何遜《贈諸舊遊》：「新知雖已樂，舊愛盡睽違。」

灼灼〔一〕

詩曰

錦城春暖花欲飛〔二〕，灼灼當庭舞柘枝〔三〕。相君上客河東秀，自言那復旁人知。妾願身爲梁上燕。朝朝暮暮長相見〔四〕。雲收月墮海沉沉，淚滿紅綃寄腸斷。

曲子

腸斷，繡簾捲〔五〕，妾願身爲梁上燕。朝朝暮暮長相見，莫遣恩遷情變。紅綃粉淚知何限〔六〕，萬古空傳遺怨。

右五

此首詠妓女灼灼之多情。

【箋注】

〔一〕灼灼，唐時蜀中妓。《麗情集》：「錦城官妓灼灼，善舞柘枝，歌水調。相府筵中，與河東人坐，神通目授，如故相識，自此不復面矣。灼灼以軟綃多聚紅淚，密寄河東人。」《全唐詩》韋莊詩有《傷灼灼》：「嘗聞灼灼麗於花，雲髻盤時未破瓜。桃蓮曼長橫緑水，玉肌香膩透紅紗。多情不住神仙界，薄命曾嫌富貴家。流落錦江無處問，斷魂飛作碧天霞。」題下注云：「灼灼，蜀之麗人也。近聞貧且老，殂落於成都酒市中。因以四韻吊之。」又毛滂《東堂詞》亦有《調笑》詠灼灼一首。其詩曰：「寒雲夜卷霜倒飛，一聲水調凝秋悲。錦靴玉帶舞回雪，丞相筵前看柘枝。河東詞客今何地？密寄軟綃三尺淚。錦城春色隔瞿塘，故華妁妁今憔悴。」曲曰：「憔悴，何郎地？密寄軟綃三尺淚。傳心語眼郎應記，翠袖猶芬仙桂。願郎學做蝴蝶子，去去來來花裏。」

〔二〕錦城，錦官城之省稱。故址在今四川成都市南。以三國蜀漢管理織錦之官駐此，故名。《華陽國志·蜀志》：「蜀郡西城，故錦官也。錦江，織錦濯其中則鮮明，他江則不好，故命曰錦里也。」《元和郡縣志》：「劍南道成都府成都縣：錦城在縣南一十里，故錦官城也。」後多用作成都之別稱。如李白《蜀道難》：「錦城雖云樂，不如早還家。」

〔三〕柘枝，唐代舞蹈名。出自當時西北少數民族怛羅斯（唐屬安西大都督府管轄，即今哈薩克斯坦境内之江布爾）。以怛羅斯在漢時稱郅支，因名其舞爲柘枝舞。唐盧肇《湖南觀雙柘枝賦》：「古也郅支之伎，今也柘枝之名。」初爲女子獨舞，後有雙人舞。宋代發展爲多人之隊舞。

〔四〕妾願二句，馮延巳《長命女》詞：「春日宴。緑酒一杯歌一遍，再拜陳三願：一願郎君千歲，二願妾身長健，三願如同梁上燕，歲歲長相見。」秦詞本此。

〔五〕繡簾，精美之竹簾。馮延巳《菩薩蠻》詞：「畫堂昨夜西風過，繡簾時拂朱門鎖。」

〔六〕粉淚，女子之淚。歐陽修《踏莎行》詞：「寸寸柔腸，盈盈粉淚。」

盼盼①〔一〕

詩曰

百尺樓高燕子飛〔二〕。樓上美人顰翠眉〔三〕。將軍一去音容遠〔四〕，只有年年舊燕歸。春風昨夜來深院。春色依然人不見。只餘明月照孤眠，回望舊恩空戀戀②。

曲子

戀戀，樓中燕，燕子樓空春色晚。將軍一去音容遠，空鎖樓中深怨。春風重到人不見，十二闌干倚遍〔五〕。

右六

【校記】

①〔盼盼〕底本原作「眄眄」，從毛本、王本、彊村本、龍本改。　②〔回望〕底本作「唯望」，從張本、胡本、鄧本、毛本、四庫本、王本、龍本改。

詠唐妓關盼盼殉情事。

【箋注】

〔一〕盼盼，唐妓。《全唐詩》作關盼盼。歸張建封，張殁，後不食而死。《唐詩記事校箋》卷七十八：「張建封妓」：白居易有《和燕子樓詩》，其序云：「徐州故張尚書有愛妓曰盼盼，善歌舞，雅多風態。余爲校書郎時，遊徐、泗間。張尚書宴余，酒酣，出盼盼以佐歡，歡甚。余因贈詩，落句云：『醉嬌勝不得，風嫋牡丹花』，一歡而去，爾後絶不復知，兹一紀矣。昨日，司勳員外郎張仲素繪之訪余，因吟新詩，有《燕子樓》三首，詞甚婉麗，詰其由，爲盼盼作也。繪之從事武寧軍累年，頗知盼盼始末。云：『張尚書既殁，歸葬東洛，而彭城（按即徐州）有張氏舊第，中有小樓名燕子。盼盼念舊愛而不嫁，居是樓十餘年，幽獨塊然，於今尚在。』……余嘗愛其新作，乃和之云：『滿床明月滿簾霜，被冷燈殘拂卧床。燕子樓中霜月夜，秋來只爲一人長。』又云：『鈿暈羅衫色似煙，幾回欲著即潸然。自從不舞《霓裳曲》，叠在空箱十一年。』又云：『今春有客洛陽回，曾到尚書墓上來。見説白楊堪作柱，争教紅粉不成灰？』又贈之絶句：『黄金不惜買蛾眉，揀得如花四五枝，歌舞教成心力盡，一朝身去不相隨。』後仲素以余詩示盼盼，乃反復讀之，泣曰：『自公薨背，妾非不能死，恐百載之後，人以我公重色，有從死之妾，是玷我公清範也，所以偷生爾。』乃和白公詩：『自守空樓斂恨眉，形同春後牡丹枝。舍人不會人深意，訝道泉臺不去隨。』盼盼得詩後，怏怏旬日不食而卒。但吟詩云：『兒童不識冲天物，謾把青泥汙雪毫。』」又毛滂《東堂詞》亦有《調笑》詠盼盼一首。或謂尚書乃建封子張愔。

〔二〕百尺樓高句，此句以樓名燕子，聯想有燕子飛宿。蘇軾《永遇樂》詞：「燕子樓空，佳人何在？空鎖樓中燕。」傅幹注曰：「張建封鎮武寧，盼盼乃徐府奇色，公納之於燕子樓，三日樂不息。後别爲新燕子樓，獨安盼盼，以寵嬖焉。暨公薨，盼盼感激深恩，誓不他適。後往往不食，遂卒。」龍榆生《東坡樂府箋》引《啽囈集》云：「唐張建封妾盼盼，誓節燕子樓，今在徐州州廨。」

〔三〕顰翠眉，即皺眉。翠眉，女子之眉。江總《秋日新寵美人應令》詩：「翠眉未畫自生愁。」

〔四〕將軍，指張建封，徐州節度使。新、舊《唐書》有傳。音容，聲音儀容。白居易《長恨歌》：「含情凝睇謝君王，一别音容兩渺茫。」

〔五〕十二欄干，樂府《西洲曲》：「樓高望不見，盡日欄干頭。欄干十二曲，垂手明如玉。」

鶯鶯〔一〕

詩曰

崔家有女名鶯鶯。未識春光先有情①。河橋兵亂依蕭寺，紅愁緑慘見張生②。張生一見春情重。明月拂墻花樹動③。夜半紅娘擁抱來，脈脈驚魂若春夢。

曲子

春夢，神仙洞，冉冉拂墻花樹動。西廂待月知誰共，更覺玉人情重。紅娘深夜行雲送，困嚲釵横金鳳。

右七

【校記】

①［春光］彊村本作「春風」。②［紅愁緑慘］彊村本作「怨紅愁緑」。③［花樹］張本、胡本、鄧本、毛本、四庫本、王本、彊村本作「花影」。

【箋注】

此首詠鶯鶯與張生之愛情故事。

〔一〕鶯鶯，姓崔。唐代傳奇中人物。故事本之元稹《鶯鶯傳》。傳曰：貞元中，有張生者，遊於蒲。蒲之東十餘里，有僧舍曰普救寺，張生寓焉。適有鄭氏孀婦，將歸長安，路出於蒲，亦止兹寺。崔氏婦，鄭女也。是歲渾瑊薨於蒲。有中人丁文雅，不善於軍，軍人因喪而擾，大掠蒲人。崔氏之家財産甚厚，多奴僕，旅寓惶駭，不知所託。先是張與蒲將之黨友善，請吏護之，遂不及於難。十餘日，廉使杜確將天子命，以統戎節令於軍，軍由是戢。鄭厚張之德甚，因飾饌以命張，中堂宴之，命女出拜，久之乃至。常服悴容，不加新飾，垂鬟接黛，雙臉斷紅而已。顔色艷異，光輝動人，張驚，爲之禮。因坐鄭傍，以鄭之抑而見也。凝睇怨絶，若不勝其體。問其年紀，鄭曰：今天子甲子歲之七月，終於貞元庚辰，生十七年矣。張生稍以辭導之，不對。終席而罷。張自是惑之，願致其情，無由得也。崔之婢曰紅娘，生私爲之禮者數四，乘閒遂道其衷，婢果驚沮，腆然而奔。張生悔之。翼日婢復至，張生乃羞而謝之，不復云所求矣。婢因謂張曰：郎之言所不敢言，亦不敢泄，然而崔之族姻，君所詳也，何不因其德而求娶焉。而張情不自持，難以久待。紅娘乃勸其試爲諭情詩以亂之，不然則無由也。張大喜，立綴春詞二首以授之。是夕，紅娘復至，持采箋以授張，曰：崔所命也，題其篇曰：明月三五夜。其詞曰：待月西廂下，迎風户半開。拂墻花影動，疑是玉人來。張亦微喻其旨。既望之夕，張因梯其樹而踰焉，達於西廂，則户半開矣。紅娘寢於牀，生因驚之。紅娘駭曰，郎何以至？張因紿之曰，崔氏之牋召我矣。爾爲我告之。無幾紅娘復來，連曰：至矣！至！張生且喜且駭，謂必獲濟。及崔至，則端服嚴容，大數其非。張乃絶望。數夕，張生獨寢，紅娘忽斂衾携枕而至，俄而捧崔氏來，嬌羞融洽，力不能運肢體，曩時端莊，不復同矣。天將曉，紅娘促去。後張生西去，崔氏愁怨凄惻，亦不再會，張由此棄之。且曰：「天之所命尤物也，不妖其身，必妖於人。」後歲餘，崔已委身於人，張亦有所娶。張過其地，因其夫言於崔，求以外兄見，崔終不出。後賦詩一首謝張云：「棄置今何道，當時且自親。還將舊時意，憐取眼前人。」自此絶不復知。崔，小名鶯鶯。按，唐人寫此故事者，尚有元稹之《續會真詩三十韻》，楊巨源之《崔娘詩》，李紳之《鶯鶯歌》等。宋趙德麟《商調蝶戀花》十闋，亦詠其事。金、元則衍爲《西廂記》諸宫調、雜劇、傳奇，流傳益廣矣。

採蓮〔一〕

詩曰

若耶溪邊天氣秋〔二〕。採蓮女兒溪岸頭。笑隔荷花共人語，煙波渺渺蕩輕舟。數聲水調紅嬌晚〔三〕。棹轉舟回笑人遠〔四〕。腸斷誰家遊冶郎，盡日踟躕臨柳岸。

曲子

柳岸，水清淺，笑折荷花呼女伴。盈盈日照新妝面，水調空傳幽怨。扁舟日暮笑聲遠，對此令人腸斷。

右八

此首詠採蓮女子。

【箋注】

〔一〕採蓮，樂府曲名。梁武帝嘗製清商曲《江南弄》七曲，即江南弄、龍笛曲、採蓮曲、鳳笙曲、採菱曲、遊女曲、朝雲曲。詞皆輕艷綺靡。其中《採蓮曲》歷代擬作者甚衆。梁武帝後尚有昭明太子、簡文帝、梁元帝、劉孝威、朱超、沈伯攸、吴鈞、陳後主、盧思道、殷英童、崔國輔、徐彦伯、李白、賀知章、王昌齡、戎昱、儲光羲、鮑溶、張籍、白居易、齊己等。少游此首獨採李白之作爲多。李詩曰：「若耶溪旁採蓮女，笑隔荷花共人語。日照新妝水底明，風飄香袂空中舉。岸上誰家遊冶郎？三三五五映垂楊。紫騮嘶入落花去，見此踟躕空斷腸。」

〔二〕若耶溪，在紹興府城南二十五里。傳西施曾採蓮於此。

〔三〕水調，歌曲名。相傳隋煬帝所製。杜牧《揚州三首》之一曰：「誰家唱水調，明月滿揚州。」原注：「煬鑿汴河自造水調。」至唐時演爲大曲。

〔四〕棹轉句，李白《越女詞五首》之三：「耶溪採蓮女，見客棹歌回。笑入荷花去，佯羞不出來。」

煙中怨〔一〕

詩曰

鑒湖樓閣與雲齊，樓上女兒名阿溪。十五能爲綺麗句〔二〕，平生未解出幽閨〔三〕。謝郎巧思詩裁剪，能使佳人動幽怨。瓊枝璧月結芳期，斗帳雙雙成眷戀。

曲子

眷戀，西湖岸，湖面樓臺侵雲漢①。阿溪本是飛瓊伴〔四〕，風月朱扉斜掩。謝郎巧思詩裁剪，能動芳懷幽怨。

右九

【校記】

①［湖面］彊村本作「湖岸」。

【箋注】

此首詠阿溪與謝生以文字結姻緣故事。

〔一〕煙中怨，意謂阿溪死後復爲水仙花神，見謝於煙波之中，仙凡渺茫，由是永訣，因兹爲怨爾。按故事參見《緑窗新話》卷上《謝生娶江中水仙》一則。其文引《南卓解題叙》云：「越溪有漁者楊父，一女絶色，年十四能詩，每吟不過兩句。或問『胡不終篇？』答曰：『無奈情思纏綿，至兩句，即思迷，不復爲繼。』有謝生求娶焉，父曰：『吾女宜配公卿。』謝曰：『諺云，少女少郎，相樂不忘。少女老翁，苦樂不同。且安有少年公卿耶？』父曰：『吾女爲詞，多不過兩句，子能續之，稱吾女意，則妻矣。』乃命女奴示其篇曰：『珠簾半床月，青竹滿林風。』謝續曰：『何事今宵景，無人解與同。』女曰：『天生吾夫。』遂偶之。後七年，夫婦每相樂，必對泣。多欲引泛江湖。春日女忽題曰：『春盡花隨盡，其如自是花。』謝曰：『何故爲此不祥之句？』女曰：『吾不久於人間矣。君且續之。』謝曰：『從來説話意，不過此容華。』女曰：『逝水難駐，千萬自保。』即以首枕生膝，瞑目而逝。謝感傷不已。後一年，江上煙波溶曳，見女立於江中。曰：『吾本水仙，謫居人間，今復爲仙；後倘思郎，即復謫下，不得爲仙矣。』」

〔二〕十五句，按《緑窗新話》作「年十四能詩。」此言十五，大概言之也。

〔三〕幽閨，深閨。沈約《泛永康江》：「寄言幽閨夢，羅袖勿空裁。」

〔四〕飛瓊，神話人物。姓許，爲西王母侍女。《漢武内傳》：「王母命侍女許飛瓊鼓震靈之簧。」

離魂記〔一〕

詩曰

深閨女兒嬌復癡，春愁春恨那復知。舅兄唯有相拘意，暗想花心臨別時〔二〕。離舟欲解春江暮，冉冉香魂逐君去。重來兩身復一身，夢覺春風話心素〔三〕。

曲子

心素，與誰語，始信別離情最苦。蘭舟欲解春江暮〔四〕，精爽隨君歸去〔五〕。異時携手重來處，夢覺春風庭户。

右十

【箋注】

此首詠倩娘離魂故事。

〔一〕離魂記，唐陳玄祐撰有《離魂記》，此詩本之。文曰：「天授三年，清河張鎰因官家於衡州。性簡静，寡知友，無子，有女二人。其長早亡，幼女倩娘端妍絶倫。鎰外甥太原王宙，幼聰悟，美容範，鎰常器重。每曰：『他時當以倩娘妻之。』後各長成。宙與倩娘，常私感想於寤寐，家人莫知其狀。後有賓寮之選者求之，鎰許焉。女聞而鬱抑，宙亦深恚恨。託以當調，請赴京，止之不可，遂厚遣之。宙陰恨悲慟，决別上船。日暮，至山郭數里。夜方半，宙不寐，忽聞岸上有一人行聲甚速，須臾至船，問之，乃倩娘徒行跣足而至。宙驚喜發狂，執手問其從來。泣曰：『君厚意如此，寢寐相感，今將奪我此志，又知君情深不易，思將殺身奉報，是以亡命來奔。』宙非意所望，欣躍特甚。遂匿倩娘於船，連夜遁去，倍道兼行，數月至蜀。凡五年，生兩子，與鎰絶信。其妻常思父母，涕泣言曰：『吾曩日不能相負，棄大義而來奔君。向今五年，恩慈間阻，覆載之下，胡顔獨存也。』宙哀之曰：『將歸，無苦。』遂俱歸衡州。既至，宙獨身先至鎰家，首謝其事。鎰曰：『倩娘病在閨中數年，何其詭説也！』宙曰：『見在舟中』。鎰大驚，促使人驗之，果見倩娘在船中，顔色怡暢。使者曰：『大人安否？』家人異之。疾走報鎰。室中女聞，喜而起，飾妝更衣，笑而不語，出與相迎，翕然而合爲一體，其衣裳皆重。其家以事不正，秘之。惟親戚間有潛知之者。後四十年間，夫妻皆喪，二男並孝廉擢第，至丞尉。事出陳玄祐《離魂記》云。玄祐少常聞此説，而多異同。或謂其虚。大曆末，遇萊蕪縣令張仲規，因備述其本末。鎰則仲規堂叔，而説極備悉，故記之。」按，故事傳至元，鄭德輝又本之作《倩女離魂》雜劇。

〔二〕花心，猶言芳心。

〔三〕心素，内心之情愫。李白《寄遠十二首》之八云：「空留錦字表心素，至今緘愁不忍窺。」

〔四〕蘭舟，木蘭樹所製舟。《太平御覽》木部引任昉《述異記》：「七里洲中有魯班刻木蘭爲舟，至今在洲中。詩家所云木蘭舟出於此。」後僅爲舟船之美稱。

〔五〕精爽，魂魄。《左傳·昭公二十五年》：「明日宴，飲酒樂。宋公使昭子右坐，語相泣也。樂祁佐，退而告人曰：『今茲君與叔孫，其皆死乎？吾聞之，哀樂而樂哀，皆喪心也。心之精爽，是謂魂魄，魂魄去之，何以能久！』」

虞美人（三首）

高城望斷塵如霧，不見聯驂處〔一〕。夕陽村外小灣頭，只有柳花無數、送歸舟。　瓊枝玉樹頻相見〔二〕，只恨離人遠。欲將幽恨寄青樓①〔三〕，争奈無情江水、不西流〔四〕。

【校記】

①〔幽恨〕彊村本作「幽事」。

【箋注】

詞寫客中送客，益增離恨。欲寄情青樓以解憂，又奈何青春已過。當爲紹聖以後謫中之作。

〔一〕高城二句，謂登城遠望，塵土如霧，朋友車騎，已不可見。驂，古代一轅之車，常駕三馬或四馬，其兩旁之馬謂之驂。此處聯驂泛指車馬。

〔二〕瓊枝玉樹，形容樹木花草之美。李煜《破陣子》詞：「鳳閣龍樓連霄漢，玉樹瓊枝作煙羅。」

〔三〕幽恨，暗恨、深恨。元稹《楚歌十首》之十：「棲棲王粲賦，憤憤屈平篇。各自埋幽恨，江流終宛然。」

〔四〕争奈句，謂怎奈江水東去再不回頭。喻歲月已逝，無可奈何。争奈，即怎奈。《詩詞曲語辭匯釋》卷二「争」條：「争，猶怎也。」無情江水，指東流不反。何遜《臨行與故遊夜別》詩：「復如東注水，未有西歸日。」

其二①

碧桃天上栽和露，不是凡花數〔一〕。亂山深處水縈回，可惜一枝如畫、爲誰開〔二〕。輕寒細雨情何限，不道春難管〔三〕。爲君沉醉又何妨，只怕酒醒時候、斷人腸。

【校記】

①〔其二〕張本、胡本、鄧本、毛本、四庫本、王本作「又」。

【箋注】

此爲宴間寫贈主人之寵姬碧桃者。當是元祐中京師所作。詳見評說。

〔一〕碧桃二句，詠仙桃，藉以贊主人寵姬碧桃。高蟾《下第後上永崇高侍郎》詩：「天上碧桃和露種，日邊紅杏倚雲栽。」

〔二〕可惜句，贊桃花，亦贊人。

〔三〕不道句，謂不知春情亦難自管束。不道，《詩詞曲語辭匯釋》卷四「不道」條云：「猶云不知也；不覺也；不期也。李商隱《贈歌妓》詩：『只知解道春來瘦，不道春來獨自多。』獨自無伴之意，言只知我瘦，不知我爲無伴而相思，以致於瘦也。」此處義同。意謂春爲桃花降下輕寒細雨，頗爲有情，不知春亦自難管束也。春，雙關。

【評説】

《緑窗新話》引楊湜《古今詞話》：秦少游寓京師，有貴官延飲，出寵姬碧桃侑觴，勸酒惓惓。少游領其意，復舉觴勸碧桃。貴官曰：「碧桃素不善飲。」意不欲少游强之。碧桃曰：「今日爲學士拼了一醉。」引巨觴長飲。少游即席贈《虞美人》詞曰：「碧桃天上栽和露……」闔座悉恨。貴官云：「今後永不令此姬出來。」滿座大笑。

其三①

行行信馬横塘畔〔一〕，煙水秋平岸。緑荷多少夕陽中②，知爲阿誰凝恨、背西風〔二〕。

紅妝艇子來何處③，蕩槳偷相顧〔三〕。鴛鴦驚起不無愁，柳外一雙飛去、却回頭〔四〕。

【校記】

①〔其三〕張本、胡本、鄧本、毛本、四庫本、王本作「又」。②〔夕陽〕毛本、四庫本作「斜陽」。③〔艇子〕彊村本作「船子」。

【箋注】

詞寫獨遊橫塘，適見紅妝，西風夕陽，益添愁思。

〔一〕信馬，任馬走去。元稹《過襄陽樓呈上府主嚴司空》：「有時水畔看雲立，每日樓前信馬行。」橫塘，古堤名，又稱南塘。在今南京市。左思《吴都賦》：「橫塘、查下，邑屋隆夸。」《六朝事跡》：「吴大帝時，自江口沿淮築堤，謂之橫塘。」

〔二〕緑荷二句，杜牧《齊安郡中偶題二首》詩之一曰：「多少緑荷相倚恨，一時回首背西風。」秦詞本之。阿誰，誰人。《古樂府·十五從軍征》：「家中有阿誰？」凝恨，《詩詞曲語辭匯釋》曰：「恨之不已，猶云積恨也。」李山甫《隋堤柳》云：「曾傍龍舟拂翠華，至今凝恨倚天涯。」

〔三〕紅妝二句，謂美女之小舟不知來自何處？一面劃動船槳，一面偷偷相看。

〔四〕柳外句，謂鴛鴦飛去時回頭看顧，似不解自己何以孤獨一人。

點絳唇（二首）　桃源①

醉漾輕舟，信流引到花深處〔一〕。塵緣相誤〔二〕，無計花間住。　煙水茫茫〔三〕，回首斜陽暮②。山無數，亂紅如雨〔四〕，不記來時路。

【校記】

①〔調名〕底本無題，從張本、胡本、鄧本、毛本、四庫本、王本、龍本補。毛本、四庫本有注：「或刻蘇子瞻」。②〔回首〕底本作「千里」，依毛本、四庫本、王本、龍本改。

【箋注】

詠劉晨、阮肇入天台故事。事見劉義慶《幽冥録》，參見本書《鼓笛慢》注。四印齋本《東坡詞》亦有此首及其二（月轉烏啼），毛本《東坡詞》則無。唐圭璋《宋詞四考》判爲秦詞。

〔一〕醉漾二句，鄭獬《漁父》詩：「醉漾輕絲信慢流。」此似之。信流，任隨流水。花深處，點桃源。

〔二〕塵緣，猶言俗緣、俗念。佛教以色、聲、香、味、觸、法爲六塵。謂心被六塵所牽累爲塵緣。韋應物《春月觀省屬城始憩東西林精舍》詩：「佳士亦棲息，善身絶塵緣。」

〔三〕煙水茫茫，白居易《新樂府·海漫漫》詩：「蓬萊今古但聞名，煙水茫茫無覓處。」

〔四〕亂紅如雨，謂桃花紛紛飄落。李賀《將進酒》：「桃花亂落如紅雨。」

其二①

月轉烏啼〔一〕，畫堂宫徵生離恨〔二〕。美人愁悶，不管羅衣褪〔三〕。清淚斑斑〔四〕，揮斷柔腸寸〔五〕。嗔人問〔六〕，背燈偷揾，拭盡殘妝粉。

【校記】

①〔其二〕，張本、胡本、鄧本、毛本、四庫本、王本作「又」。

【箋注】

此詞寫一女子送別情人時之傷心愁悶。或作東坡詞，今依唐圭璋説判爲秦詞。

〔一〕月轉烏啼，謂夜深。張繼《楓橋夜泊》：「月落烏啼霜滿天。」

〔二〕宫徵，指歌聲。古以宫、商、角、徵、羽爲五聲，後因以宫徵表音樂。杜甫《聽楊氏歌》：「玉杯久寂寞，金管迷宫徵。」

〔三〕羅衣褪，卸去羅衣。褪，卸衣。

〔四〕清淚斑斑，李白《閨情》：「織錦心草草，挑燈淚斑斑。」

〔五〕揮斷句，謂見其揮淚，令人柔腸寸斷。歐陽修《踏莎行》詞：「寸寸柔腸，盈盈粉淚。」

〔六〕瞋人問，惱人問。瞋，同「嗔」，怒也。杜甫《麗人行》詩：「慎莫近前丞相嗔。」

品令（二首）

幸自得，一分索强教人難吃〔一〕。好好地惡了十來日〔二〕，恰而今，較些不〔三〕。須管啜持教笑〔四〕，又也何須肐織〔五〕。衠倚賴臉兒得人惜，放軟頑，道不得〔六〕。

【箋注】

此詞全用俗語，寫男女間關係緊張，而男子以調笑語解之。

〔一〕索强，好强。《詩詞曲語辭匯釋》卷四「索强」條：「猶云賽强或争强也。亦可作恃强解。」難吃，難受。《詩詞曲語辭匯釋》卷五「吃」條：「猶被也；受也。」

〔二〕惡，疾病。《左傳·成公六年》：「郇瑕氏土薄水淺，其惡易覯。」注：「惡，疾病也。」又氣惱；煩悶。《世説新語·言語》：「謝太傅語右軍曰：『中年傷於哀樂，與親友别，則作數日惡。』」

〔三〕較，指病愈。《詩詞曲語辭匯釋》卷二「較」條：「較，猶瘥也。字亦作校。白居易《病中贈南鄰覓酒》詩：『頭痛牙疼三日卧，妻看煎藥婢來扶。今朝似校抬頭語，先問南鄰酒有無？』」

〔四〕須管，必定。須，必。《詩詞曲語辭匯釋》卷一「須」條云：「須，猶應也，必也。」又引韋莊《令狐亭》詩：「若非天上神仙宅，須是人間富貴家。」云：「須是，猶云必是或應是也。與上句若非字相應。」此處爲「必」字義。又同書卷一「管」字條云：「猶準也，定也。」此處爲「定」義。須管，即必定也。啜持，哄騙。陸澹安《小説詞語匯釋》「啜持」條云：「哄騙。」例《警世通言》三十七「當下只留這萬秀娘在焦吉莊上，萬秀娘離不得是把個甜言美語，啜持過來。」

〔五〕肐織，同「胳織」，觸腋窩使發笑也。

〔六〕衠依賴三句，衠，《詩詞曲語辭匯釋》卷二「衠」字條云：「衠，猶盡也；純也。其作盡義者，秦觀

《品令》詞：『衠依賴臉兒得人惜，放軟頑，道不得。』言盡賴著臉兒，得人愛也。放軟頑猶云撒嬌。」衠，音諄。

其二①

掉又懼〔一〕，天然個品格。於中壓一〔二〕。簾兒下，時把鞋兒踢，語低低，笑咭咭。　每每秦樓相見，見了無限憐惜②。人前强不欲相沾識〔三〕，把不定，臉兒赤。

【校記】

①〔其二〕張本、胡本、鄧本、毛本、四庫本、王本作「又」。　②〔無限〕底本作「無門」，從張本、胡本、鄧本、毛本、四庫本、王本、龍本改。

【箋注】

此詞寫一女子之多情及嬌羞。

〔一〕掉又懼，當時俗語，義未詳。

〔二〕壓一，數第一。《詩詞曲語辭匯釋》卷三「壓一」條云：「壓倒一切之意，猶云第一也。」

〔三〕沾識，認識。

【評説】

李調元《雨村詞話》：秦少游《品令》後段云：「須管啜持教笑，又也何須肐織。衠倚賴臉兒得人惜。放軟頑，道不得」，「肐織」「衠」「倚賴」，皆俳語。衠音諄。《西廂》「一團衠是嬌。」又一首云：「掉又懼，天然個品格於中壓一。」掉又懼，壓一，皆彼時歌伶語氣也。末云「語低低，笑咭咭」，即「乞乞」，皆笑聲。

焦循《雕菰樓詞話》：秦少游《品令》「掉又懼，天然個品格」，此正秦郵土音，用個字作語助。今秦郵人皆然也。三百篇如「其虛」「其邪」「狂童之狂也且」，古人自操土音。北宋如秦、柳尚有此種，南宋姜白石、張玉田一派，此調不復存矣。

南歌子（三首）①

玉漏迢迢盡〔一〕，銀潢淡淡横〔二〕。夢回宿酒未全醒〔三〕，已被鄰鷄催起、怕天明。　臂上妝猶在，襟間淚尚盈〔四〕。水邊燈火漸人行，天外一鈎殘月、帶三星〔五〕。

【校記】

①［調名］毛本、四庫本調下有題曰：「贈陶心兒」。

【箋注】

寫夜中與女子相會後醒來之情景。據《高齋詩話》，此爲少游在蔡州贈妓陶心兒之作。時間當在元祐初。

〔一〕玉漏，漏之美稱。參見前注。

〔二〕銀潢，銀河。《史記・天官書》：「漢中四星曰天駟，旁一星曰王良。王良策馬，車騎滿野。旁有八星，絶漢，曰天潢。」此以銀潢概指天河。蘇軾《和文與可洋州園池三十首・天漢臺》：「漢水東流舊見經，銀潢左界上通靈。」

〔三〕夢回，夢醒。宿酒，前夜之酒意。白居易《早春即事》：「眼重朝眠足，頭輕宿酒醒。」

〔四〕臂上二句，寫夜中幽會。元稹《會真記》：「嬌啼宛轉，紅娘又捧之而去，終夕無一言。張生辨色而興，自疑曰：『豈其夢耶？』及明，睹妝在臂，香在衣，淚光熒熒然，猶瑩於裀席而已。」此仿之。

〔五〕三星，參星。《詩・唐風・綢繆》：「綢繆束星，三星在天。」鄭箋：「三星，參也。在天，謂始見東方也。」

【評説】

胡仔《苕溪漁隱叢話》前集卷五十引《高齋詩話》云：「少游在蔡州，與營妓婁婉字東玉者甚密，贈之詞云：『小樓連苑横空，』又云『玉佩丁東別後』者是也。又贈陶心兒詞云：『天外一鉤横月，帶三星』，謂心字也。

沈謙《填詞雜説》：秦淮海「天外一鉤殘月，照三星」，只作曉景，佳。若指爲心兒謎語，不與「女邊著子，門裏挑心」，同墮惡道乎？

徐釚《詞苑叢談》卷三：少游贈歌妓陶心兒《南歌子》詞云：「玉漏迢迢盡，銀潢淡淡横。夢回宿酒未全醒，已被鄰鷄催起怕天明。臂上妝猶在，襟間淚尚盈。水邊燈火漸人行，天外一鈎殘月、帶三星。」末句暗藏心字。子瞻誚其恐爲他姬厮賴也。

其二①

愁鬢香雲墜〔一〕，嬌眸水玉裁〔二〕。月屏風幌爲誰開〔三〕，天外不知音耗、百般猜〔四〕。玉露沾庭砌〔五〕，金風動琯灰〔六〕。相看有似夢初回，只恐又拋人去、幾時來。

【校記】

①〔其二〕張本、胡本、鄧本、毛本、四庫本、王本作「又」。

【箋注】

此詞寫男子乍歸，情人相逢，相看如夢之光景。

〔一〕香雲，指女性之髮。雲，喻其蓬鬆之狀。杜牧《阿房宫賦》：「緑雲擾擾，梳曉鬟也。」緑雲，黑髮也。

〔二〕水玉，水晶，喻其明亮。《山海經·南山經》：「又東三百里，曰堂庭之山，多棪木，多白猿，多水玉，多黄金。」郭璞注：「水玉，今水精也。」按，水精即水晶。温庭筠《題李處士幽居》：「水玉簪頭白角巾。」

〔三〕月屏風幌，屏幕窗帷。以映月臨風，故稱。鮑照《可愛》：「風帷閃珠帶，月幌垂霧羅。」江總《閨怨》：「屏風有意障明月，燈火無情照獨眠。」

〔四〕音耗，消息。

〔五〕庭砌，猶言階砌。

〔六〕金風，秋風。張協《雜詩十首》之三：「金風扇素節。」李善注：「西方爲秋而主金，故秋風爲金風也。」琯灰，琯，玉管。指測節候所用律管。灰，蘆葦膜所燒之灰。古代預測節氣，其法爲燒葦膜成灰，置諸十二律管之内，某一節氣到，相應律管内之灰即自行飛出。杜甫《小至》詩：「刺繡五紋添弱線，吹葭六琯動浮灰。」葭，蘆葦。

【評説】

賀裳《皺水軒詞筌》：南唐主語馮延巳：「風乍起，吹皺一池春水，何與卿事？」馮曰：「未若『細雨夢回鷄塞遠，小樓吹徹玉笙寒』，不可使聞於鄰國。」然細看詞意，含蓄尚多。至少游「無端銀燭殞秋風，靈犀得暗通」「相看猶似夢初回，只恐又拋人去幾時來」，則竟爲蔓草之偕臧，頓丘之執别，一一自供矣。詞雖小技，亦見世風之升降。沿流則易，溯洄實難，一入其中，勢不自禁。即余此生，亦悔習此技。

其三①

香墨彎彎畫〔一〕，燕脂淡淡勻〔二〕。揉藍衫子杏黃裙〔三〕，獨倚玉闌無語、點檀唇〔四〕。

人去空流水，花飛半掩門②。亂山何處覓行雲，又是一鉤新月、照黃昏。

【校記】

①〔其三〕張本、胡本、鄧本、毛本、四庫本、王本作「又」。 ②〔花飛〕彊村本作「飛花」。

【箋注】

寫一女子凝妝倚欄，等候情人，至於黃昏，終於失望。

〔一〕香墨句，謂畫眉。

〔二〕燕脂句，指搽面。

〔三〕揉藍，古代一種染色之法，後即指藍色。方干《贈江上老人》：「欲教魚目無分別，須學揉藍染釣絲。」王安石《漁家傲》詞：「平岸小橋千嶂抱，揉藍一水縈花草。」

〔四〕點檀唇，檀，淺絳色。古代婦女用以點唇。韓偓《余作探使因而有作》詩：「黛眉印在微微綠，檀口消來薄薄紅。」李煜《一斛珠》詞：「曉來初過，沈檀輕注些兒個。」

臨江仙

千里瀟湘挼藍浦①〔一〕，蘭橈昔日曾經〔二〕。月高風定露華清。微波澄不動，冷浸一天星〔三〕。獨倚危檣情悄悄②〔四〕，遥聞妃瑟泠泠〔五〕。新聲含盡古今情。曲終人不見，江上數峰青〔六〕。

【校記】

①「挼藍」鄧本、毛本、四庫本、王本、彊村本作「接藍」。②「危檣」張本、毛本、四庫本、王本作「危樓」。

【箋注】

此詞詠瀟湘夜泊。少游紹聖三年（一〇九六）由處州徙郴州，嘗溯湘水。後貶徙横州，當亦沿瀟湘水。此詞有「昔日曾經」云云，明係往横州時作。故宜繫於元符元年（一〇九八）。

〔一〕挼藍，義同「搽藍」。本指染色，此指藍色。白居易《春池上戲贈李郎中》：「直似挼藍新汁色，與君南宅染羅裙。」

〔二〕蘭橈，以木蘭製成之船槳。梁簡文帝《採蓮曲》：「桂楫蘭橈浮碧水，江花玉面兩相似。」此處代指船。賈島《憶江上吴處士》：「蘭橈殊未返，消息海雲端。」

〔三〕微波二句，白居易《宿湖中》：「浸月冷波千頃練。」歐陽炯《西江月》詞：「月映長江秋水，分明冷浸星河。」

〔四〕危檣，高竪之船桅。陰鏗《渡青草湖》：「行舟逗遠樹，度鳥息危檣。」

〔五〕妃瑟，湘妃所奏瑟。《楚辭·遠遊》：「使湘靈鼓瑟兮，令海若舞馮夷。」湘靈，湘水之神，即湘夫人，傳爲舜妃。泠泠，琴瑟之音。白居易《松聲》：「寒山颯颯雨，秋琴泠泠弦。」

〔六〕曲終二句，用錢起《湘靈鼓瑟》詩成句。其詩曰：「善鼓雲和瑟，常聞帝子靈。馮夷徒自舞，楚客不堪聽。苦調淒金石，清音入杳冥。蒼梧來怨慕，白芷動芳馨。流水傳湘浦，悲風過洞庭。曲中人不見，江上數峰青。」

【評説】

吴曾《能改齋漫録》卷十七：唐錢起《湘靈鼓瑟》詩末句「曲終人不見，江上數峰青。」秦少游嘗用以填詞云：「千里瀟湘挼藍浦，蘭橈昔日曾經。月高風定露華清，微波澄不動，冷浸一天星。獨倚危檣情悄悄，遥聞妃瑟泠泠。新聲含盡古今情，曲中人不見，江上數峰青。」

吴炯《五總志》：潭守宴客合江亭，時張才叔在坐，令官妓悉歌《臨江仙》。有一妓獨唱兩句云：「微波渾不動，冷浸一天星。」才叔稱歎，索其全篇。妓以實語告之：「賤妾夜居商人船中，鄰舟一男子，遇月色明朗，即倚檣而歌，聲極淒怨。但以苦乏性靈，不能盡記。願助以一二同列共往記之。」太守許焉，至夕，乃與同列飲酒以待。果一男子，三歎而歌。有趙瓊者，傾耳墮淚曰：「此秦七聲度也。」趙善謳，少游南遷經從，一見而悦之。商人乃遣人問訊，即少游靈舟也。其詞曰：「瀟湘千里挼藍色，蘭橈昔日曾經。月明風静露華清，微波渾不動，冷浸一天星。獨倚危檣情悄悄，時聞妃瑟泠泠。僊音含盡古今情。曲終人不見，江上數峰青。」崇寧乙酉，張才叔過荆州，以語先子，乃相與歎息曰：「少游了了，必不致沈滯，戀此壞身，似有物爲之。然詞語超妙，非少游不能作，抑又可疑也。」

其二①

髻子偎人嬌不整，眼兒失睡微重。尋思模樣早惺忪②〔一〕。斷腸攜手，何事太匆匆。不忍殘紅猶在臂，翻疑夢裏相逢〔二〕。遥憐南埭上孤篷〔三〕。夕陽流水，紅滿淚痕中。

【校記】

①［其二］張本、胡本、鄧本、毛本、四庫本、王本作「又」。②［惺忪］底本作「心忪」，張本、胡本、鄧本、毛本、四庫本同。從王本、龍本改。

【箋注】

此寫情人乍然離别情景。

〔一〕尋思句，謂思索己之模樣忽然明白即將分離。惺忪，甦醒、清醒貌。元稹《送孫勝》：「桐花黯淡柳惺忪。」

〔二〕翻疑句，晏幾道《鷓鴣天》詞：「今宵賸把銀釭照，猶恐相逢是夢中。」

〔三〕南埭，堤名。在南京。李商隱《詠史》：「北湖南埭水漫漫，一片降幡百尺竿。」馮浩注：「雁湖注王荊公詩引《建康志》：『南埭，今上水閘也。正對青溪閘。』」埭，堵水之土堤。孤蓬，小蓬船。

好事近（夢中作）

春路雨添花①，花動一山春色。行到小溪深處，有黄鸝千百。　飛雲當面化龍蛇，天矯轉空碧〔一〕。醉卧古藤陰下，了不知南北〔二〕。

東坡跋尾：

供奉官莫君沔官湖南，喜從遷客遊，尤爲吕元鈞所稱〔三〕。又能誦少游事甚詳，爲予誦此詞至流涕。乃録本使藏之。

魯直跋少游好事近〔四〕：

少游醉卧古藤下，誰與愁眉唱一杯。解作江南斷腸句，只今唯有賀方回。

【校記】

①〔春路〕王本作「山路」。

【箋注】

此詞寫夢境。據《冷齋夜話》之説，以爲作於處州，則爲紹聖二年（一〇九五）或三年事。

〔一〕夭矯，飛動貌。李商隱《李肱所遺畫松詩書兩紙得四十一韻》：「樛枝勢夭矯，忽欲攀拏空。」

〔二〕了不知，全不知。了，全，都。李白《遊泰山》詩：「其字乃上古，讀之了不閑。」了不閑，全不識。

〔三〕吕元鈞，即吕陶，字元鈞。號浄德，成都人。應熙寧制科，以觸抵新法，謫通判蜀州。後入元祐黨籍，徽宗時知梓州致仕。

〔四〕魯直跋，參見評説。

【評説】

趙令畤《侯鯖録》卷七：秦少游、賀方回相繼以歌詩知名。少游有詞云：「醉卧古藤陰下，了不知南北。」其後遷謫，卒於藤州光化亭上。方回亦有詞云：「當年曾到王陵鋪，鼓角秋風，千歲遼東，回首人間萬事空」，後卒於北門，門外有王陵鋪云。

胡仔《苕溪漁隱叢話》前集卷五十：《冷齋夜話》云：秦少游在處州，夢中作長短句曰：「山路雨添花，花動一山春色。行到小溪深處，有黄鸝千百。飛雲當面化龍蛇，夭矯挂空碧。醉卧古藤陰下，杳不知南北。」後南遷久之，北歸逗留於藤州，遂終於瘴江之上光華亭。時方醉起，以玉盂汲泉，欲飲，笑視之而化。

蔡正孫《詩林廣記》後集卷五山谷《病起荆江亭即事》：閉門覓句陳無己，對客揮毫秦少游。正字不知温飽味，西風吹淚古藤州。」任天社云：「閉門覓句」「對客揮毫」二句，乃二君實録也。無己坐黨禁錮，既而自徐學除秘書省正字。少游自雷州貶所，北歸至藤州，卒於光化亭上。初少游夢中作《好事近》長短句，有「醉卧古藤陰下，了不知南北」之句，殆若讖云。

郎英《七修類稿》卷三十：秦觀嘗於夢中作《好事近》一詞……秦詞世人少知，余嘗親見其墨跡，後有近代劉菊莊題云：「名并蘇黄學更優，一詞遺墨至今留。無人唤醒藤州夢，淮水淮山總是愁。」亦不勝其感慨。

周濟《宋四家詞話》：隱栝一生，結語遂作藤州之讖。造語奇警，不似少游尋常手筆。

補遺

醉鄉春

喚起一聲人悄，衾冷夢寒窗曉。瘴雨過〔一〕，海棠開，春色又添多少。　社甕釀成微笑〔二〕，半破瘿瓢共舀。覺傾倒，急投床，醉鄉廣大人間小〔三〕。

（録自明陳耀文《花草粹編》。原注：《冷齋夜話》）

【箋注】

此詞本集不載。出《冷齋夜話》，謂作於横州。當爲元符元年（一〇九八）所寫。横州，治所在今廣西横縣。毛本收此詞，闕調名，注曰：「少游謫滕州，一日醉野人家，作此詞。本集不載，見於地志。或不識舀字，妄改，可笑。」《全宋詞》亦收此詞，調名「添春色」。有按云：「此首原無調名，據《全芳備祖前集》卷七海棠門。」據《詞譜》，此詞乃秦創調。

〔一〕瘴雨，南方潮濕，易致病，舊説有瘴氣。陳陶《番禺道中》：「瘴雲出虹蝀，蠻江渡山急。」

〔二〕社甕，社日之酒。《歲時廣記》：「立春後五戊爲春社，立秋後五戊爲秋社。」羅隱《寄楊秘書》：「會待與君開社甕，滿船載月鏡中行。」

〔三〕醉鄉，醉中境界。王積著有《醉鄉記》。段成式《牛尊師室看牡丹》詩：「若爲籯史通家客，情願扛壺入醉鄉。」

【評説】

胡仔《苕溪漁隱叢話》前集卷五十：《冷齋夜話》：少游在黄州，飲於海棠橋，橋南北多海棠。有老書生，家海棠叢間，少游醉卧宿於此。明日題其柱曰：「唤起一聲人悄，衾冷夢寒牕曉。瘴雨過，海棠開，春色又添多少。社甕釀成微笑，半破椰瓢共舀。覺傾倒，急投牀，醉鄉廣大人間小。」東坡愛之，恨不得其腔，當有知之者耳。

南歌子　贈東坡侍妾朝雲

靄靄凝春態〔一〕，溶溶媚曉光〔二〕。何期容易下巫陽〔三〕，衹恐使君前世、是襄王〔四〕。

暫爲清歌駐，還因暮雨忙。瞥然歸去斷人腸，空使蘭臺公子、賦高唐〔五〕。

（録自《花草粹編》卷五。原注：靄靄，《詞話》作泄泄。使君，《雌黄》作翰林）

【箋注】

此詞見《藝苑雌黄》《甕牖閑評》，又見《花草粹編》。《全宋詞》已録。據《藝苑雌黄》，謂爲贈東坡侍妾朝雲者。朝雲，姓王，字子霞，錢塘人。紹聖三年卒於惠州，終年三十四歲。蘇軾撰有《朝雲墓志銘》。

〔一〕靄靄，雲濃密貌。陶潛《停雲》：「靄靄停雲，濛濛時雨。」白居易《代書詩一百韻寄微之》：「粉黛凝春態。」

〔二〕溶溶，流動貌。《楚辭·九嘆·逢紛》：「揚流波之潢潢兮，體溶溶而東回。」此上兩句暗寫朝雲。

〔三〕巫陽，巫山之陽。宋玉《高唐賦》：「妾在巫山之陽，高丘之阻。」

〔四〕襄王，楚襄王。

〔五〕蘭臺公子，指宋玉。宋玉《風賦》：「楚襄王遊於蘭臺之宮，宋玉、景差侍。」實自指，少游嘗官秘書省。唐時稱蘭臺。

【評説】

胡仔《苕溪漁隱叢話》後集卷二十九引《藝苑雌黄》云：朝雲者，東坡侍妾也。嘗令就秦少游乞詞，少游作《南歌子》贈之。云：「靄靄迷春態，溶溶媚曉光。不應容易下巫陽。秪恐翰林前世、是襄王。暫爲清歌住，還因暮雨忙。瞥然歸去斷人腸。空使蘭臺公子、賦高唐。」何其婉媚也！

袁文《甕牖閑評》卷五：「靄靄迷春態，溶溶媚曉光，不應容易下巫陽，秪恐翰林前世、是襄王。暫爲清歌駐，還因暮雨忙，瞥然飛去斷人腸，空使蘭臺公子、賦高唐。」此秦少游爲朝雲作《南歌子》詞也。「玉骨那愁瘴霧，冰肌自有仙風。海山時遣探芳叢，倒掛緑毛么鳳。素面常嫌粉汚，洗妝不褪脣紅。高情已逐曉雲空，不與梨花同夢。」此蘇東坡爲朝雲作《西江月》詞也。余謂此二詞皆朝雲死後作。其間言語亦可見，而《藝苑雌黄》乃云：「《南歌子》者，東坡令朝雲就少游乞之。《西江月》者，東坡作之以贈焉，恐非也。」莊季裕《鷄肋編》曰：「東坡謫惠州時，作《梅詞》云云。廣南有緑毛丹觜禽，其大如雀，狀類鸚鵡，棲集皆倒懸于枝上，土人呼爲倒掛子。而梅花葉四周皆紅，故有洗妝之句。二事皆北人所未知者。」

畫堂春

東風吹柳日初長，雨餘芳草斜陽。杏花零落燕泥香，睡損紅妝〔一〕。寶篆煙消鸞鳳〔二〕，畫屏雲鎖瀟湘。暮寒微透薄羅裳〔三〕，無限思量。

（録自《花草粹編》。原注：「山谷集有」）

【箋注】

此詞又見《花庵詞選》《草堂詩餘》及毛本、四庫本《淮海詞》。《全宋詞》亦收録。然《山谷集》亦有此詞。毛本、四庫本且注：「或刻山谷年十六作。」按楊湜《古今詞話》所云，當屬秦作。

〔一〕睡損紅妝，《詩詞曲語辭匯釋》卷三「損」字條云：「損，猶壞也，煞也。」又引本句云：「此猶云睡壞。」

〔二〕寶篆，篆香。

〔三〕暮寒，祖詠《終南望積雪》：「林表明霽色，城中增暮寒。」

【評説】

趙萬里輯楊湜《古今詞話》：少游《畫堂春》：「雨餘芳草斜陽，杏花零落燕泥香」之句，善於狀景物。至於「香篆暗消鸞鳳，畫屏縈繞瀟湘」二句，便含蓄無限思量意思。此其有感而作也。

李調元《雨村詞話》：秦少游《淮海集》，首首珠璣，爲宋一代詞人之冠。今刊本多以山谷詞雜之。黄九之不逮秦七，古人已有定評，豈容溷入。如《畫堂春》詞：「東風吹柳日初長……」氣薄語弱，山谷十六歲作也，不應雜入。

王國維《詞辨》眉批：温飛卿《菩薩蠻》「雨後却斜陽，杏花零落香。」少游之「雨餘芳草斜陽，杏花零落燕泥香。」雖自此脱胎，而實有出藍之妙。

木蘭花慢

過秦淮曠望，迥瀟灑，絶纖塵。愛清景風蛩〔一〕，吟鞭醉貌〔二〕，時度疏林。秋來政情味淡，更一重煙水一重雲。千古行人舊恨，盡應分付今人〔三〕。　漁村，望斷衡門〔四〕。蘆荻浦，雁先聞。對觸目淒涼，紅凋岸蓼，翠減汀萍。憑高正千嶂黯〔五〕，便無情到此也銷魂〔六〕。江月知人念遠，上樓來照黄昏。

（録自宋趙聞禮《陽春白雪》）

【箋注】

此詞《全宋詞》亦收録。未見他屬，秦作之可能性較大。

〔一〕風蛩，風中蛩聲。《埤雅》：「蟋蟀隨陰迎陽，一名吟蛩。秋初生，得寒乃鳴。」白居易《禁中聞蛩》：「西窗獨暗坐，滿耳新蛩聲。」

〔二〕吟鞭，詩人之鞭。文同《送潘司理秘校》二首之二曰：「吟鞭搖嶺月，倦枕拂溪雲。」醉帽，酒客之帽。司馬光《和明叔九日》：「雨冷弊裘薄，風高醉帽傾。」

〔三〕分付，交付。

〔四〕衡門，横木爲門，指寒舍，陋舍。《詩·陳風·衡門》：「衡門之下，可以棲遲。」

〔五〕千嶂黯，范仲淹《漁家傲》：「千嶂裏，長煙落日孤城閉。」嶂，屏障似的山峰。

〔六〕便無情句，吴融《關西驛亭即事》：「直是無情也腸斷。」

浣溪沙　春閨

青杏園林煮酒香，佳人初試薄羅裳。柳絲摇曳燕飛忙。　乍雨乍晴花易老〔一〕，閑愁閑悶日偏長。爲誰消瘦减容光。

（出鄧章漢輯《詩餘》，云見《草堂集》，本集失載）

【箋注】

此詞見《草堂詩餘正集》《類編草堂詩餘》。明人鄧章漢收入所輯《詩餘》。或作晏殊、歐陽修詞。

〔一〕乍晴乍雨，時晴時雨也。乍，忽然。

夜遊宫

何事東君又去〔一〕，空滿院落花飛絮。巧燕呢喃向人語，何曾解、説伊家些子事〔二〕。况是傷心緒，念箇人久成睽阻〔三〕。一覺相思夢回處，連宵雨，更那堪聞杜宇。

【箋注】

見《花草萃編》卷六，又見《京本通俗小説》十二卷《西山一窟鬼》。已收入《全宋詞》秦觀詞。

〔一〕東君，日神。見《楚辭·九歌·東君》。又指司春之神。此處用指春天。

〔二〕伊家，猶言你。些子，一些，一點。

〔三〕箇，《詩詞曲語辭匯釋》卷三：「箇，指點詞。猶這也，那也。」睽阻，猶言睽違。阻隔、分離之意。

斷句

我嘗從事風流府。（趙令畤《侯鯖録》）

天若有情，天也爲人煩惱。（袁文《甕牖閒評》）

附録

詞苑英華本少游詩餘

黄引

「中研院」史語所藏汲古閣刻本《詞苑英華》，《詩餘圖譜》後附刻秦張二先生詩餘。其少游詩餘，取校汲古閣《宋六十名家詞》本《淮海詞》，則《詞苑英華》本多出五十六首。檢唐圭璋《全宋詞》，此五十六首，内僅七首唐氏曾據他書補入。傳世《淮海詞》多係三卷本。《宋六十名家詞》本《淮海詞》，較三卷本多出十首；今此本更多出五十六首，且此亦汲古閣所刻，則此本之刊行，當在毛氏《宋六十名家詞》之後也。

此本有崇禎乙亥王象晋序。謂「特合秦張兩先生詞，併而梓之圖譜之後」，未言係其纂輯。詞本果出王氏手輯與否？亦未可知。

此本所多者，雖未可遽信爲秦氏所作，然溢出《淮海集》之外，足供研究，爰爲校録於此。一九六三年八月四日黄彰健謹識於南港舊莊。

玉樓春

參差簾影晨光動。露桃雨柳矜新寵。閒愁多仗酒驅除，春思不禁花從臾。
倚樓聽徹單于弄。却憶舊歡空有夢。當時誤入飲牛津，何處重尋聞犬洞。

又

午窗睡起香銷鴨。斜倚妝臺開鏡匣。雲鬟整罷却回頭，屏上依稀描楚峽。
支頤癡想眉愁壓。咬損纖纖銀指甲。柔腸斷盡少人知，閑看花簾雙蝶狎。

又（集句）

狂風落盡深紅色。春色惱人眠不得。淚沿紅粉濕羅巾，怨入青塵愁錦瑟。
豈知一夕秦樓客。煙樹重重芳信隔。倚樓無語欲銷魂，柳外飛來雙羽玉。

虞美人

陌頭柳色春將半。枝上鶯聲喚。客遊曉日綺羅稠。紫陌東風弦管咽朱樓。

少年撫景漸虛過。終日看花坐。獨愁不見玉人留。洞府空教燕子占風流。

踏莎行

冰解芳塘，雪消遥嶂。東風水墨生綃障。燒痕一夜遍天涯。多情莫向空城望。淡柳橋邊，疏梅溪上。無人會得春來況。風光輸與兩鴛鴦，暖灘晴日眠相向。

又（上巳日過華嚴寺）

昨日清明，今朝上巳。鶯花著意催春事。東風不管倦遊人，一齊吹過城南寺。沂水行歌，蘭亭修禊。韶光曾見風流士。而今臨水漫含情，暮雲目斷空迢遞。

又

曉樹啼鶯，晴洲落雁。酒旗風颭村煙淡。山田過雨正宜耕，畦塍處處春泉漫。踏翠郊原，尋芳野澗。風流舊事嗟雲散。楚山誰遣送愁來，夕陽回首青無限。

臨江仙（看花）

爲愛西莊花滿樹，朝朝來扣柴門。墻頭遥見簇紅雲。恍然迷處所，疑入武陵源。
花外飛來寒食雨，一時留住遊人。村醪隨意兩三巡。折花頭上戴，記取一年春。

又

十里紅樓依緑水，當年多少風流。高樓重上使人愁。遠山將落日，依舊上簾鉤。
一曲琵琶思往事，青衫淚滿江州。訪鄰休問杜家秋。寒煙沙外鳥，殘雪渡傍舟。

又

客路光陰渾草草，等閒過了元宵。村鷄啼月下林梢。鸞聲驚宿鳥，霜氣入重貂。
漠漠風沙千里暗，舉頭一望魂消。問君何事不辭勞。平生經世意，只恐負清朝。

釵頭鳳（别武昌）

臨丹壑。憑高閣。閑吹玉笛招黄鶴。空江暮。重回顧。一洲煙草，滿川雲樹。住、住、住。江風作。波濤惡。汀蘭寂寞巖花落。長亭路。塵如霧。青山雖好，朱顏難駐。去、去、去。

蝶戀花

紫燕雙飛深院静。簟枕紗厨，睡起嬌如病。一線碧煙縈藻井。小鬟茶進龍香餅。
拂拭菱花看寶鏡。玉指纖纖，撚唾撩雲鬢。閑折海榴過翠徑。雪貓戲撲風花影。

又（題二喬觀書圖）

並倚香肩顔鬬玉。鬢角參差，分映芭蕉緑。厭見兵戈争鼎足。尋芳共把遺編躅。
閨閣風流誰可續。沉想清標，合貯黄金屋。江左百年傳舊俗。後宫只解呈新曲。

又

新草池塘煙漠漠。一夜輕雷，拆破夭桃萼。驟雨隔簾時一作。餘寒猶泥羅衫薄。
斜日高樓明錦幙。樓上佳人，癡倚闌干角。心事不知緣底惡。對花珠淚雙雙落。

又

金鳳花開紅落砌。簾卷斜陽，雨後涼風細。最是人間佳景致。小樓可惜人孤倚。
蛺蝶飛來花上戲。對對飛來，對對還飛去。到眼物情都觸意。如何制得相思淚。

又

語燕飛來驚晝睡。起步花闌，更覺無情緒。緑草離離蝴蝶戲。南園正是相思地。
池上晚來微雨霽。楊柳芙蓉，已作新涼味。目斷雲山君不至。香醪着意催人醉。

又

今歲元宵明月好。想見家山，車馬應填道。路遠夢魂飛不到。清光千里空相照。
花滿紅樓珠箔繞。當日風流，更許誰同調。何事霜華催鬢老。把杯獨對嫦娥笑。

又

舟泊潯陽城下住。杳藹昏鴉，點點雲邊樹。九派江分從此去。煙波一望空無際。

今夜月明風細細。楓葉蘆花，的是淒凉地。不必琵琶能觸意。一樽自濕青衫淚。

漁家傲

門外平湖新雨過。碧煙一抹鷗飛破。水木細將秋色做。雲影墮。滿溪蘆荻西風大。
沙嘴漁舟來個個。霜鱗入膾炊香糯。歌罷滄浪誰與和。閑不那。茅簷獨對青山坐。

又（七夕立秋）

七夕湖頭閑眺望。風煙做出秋模樣。不見雲屏月帳。天滉瀁。龍輧暗渡銀河浪。
（是日風霾）二十年前今日況。玄蟾烏鵲高樓上。回首西風猶未忘。追得喪。人間萬事成惆悵。（健按：不見雲屏月帳句有脱字）

又

遥憶故園春到了。朝來枝上聞啼鳥。春到故園人未到。空眊矂。年年落得梅花笑。
且對芳尊舒一嘯。不須更鼓高山調。看鏡依樓俱草草。真潦倒。醉來唱個漁家傲。

又

江上涼颸情緒燠。片雲消盡明團玉。水色山光相與綠。煙樹簇。移舟旋傍漁燈宿。
風外何人吹紫竹。夢中聽是飛鸞曲。葉落楓林聲蔌蔌。幽興觸。明朝相約騎黃鵠。

又

剛過淮流風景變。飛沙四面連天捲。霜拆凍髭如利剪。情莫遣。素衣一任緇塵染。
回首家山雲漸遠。離腸暗逐車輪轉。古木荒煙鴉點點。人不見。平原落日吟羌管。

行鄉子

樹繞村莊。水滿坡塘。倚東風、豪興徜徉。小園幾許，收盡春光。有桃花紅，李花白，菜花黃。
遠遠圍墻。隱隱茅堂。颺青旗、流水橋傍。偶然乘興，步過東岡。正鶯兒啼。燕兒舞。蝶兒忙。（健按：全宋詞卷五十二據欽定詞譜卷十四録此詞，惟圍墻作苔牆。）

江城子

清明天氣醉遊郎。鶯兒狂。燕兒狂。翠蓋紅纓，道上往來忙。記得相逢垂柳下，雕玉珮，縷金裳。　春光還是舊春光。桃花香。李花香。淺白深紅，一一鬭新妝。惆悵惜花人不見，歌一闋，淚千行。

何滿子

天際江流東注，雲中塞雁南翔。衰草寒煙無意思，向人只會淒涼。吟斷爐香裊裊，望窮海月茫茫。　鶯夢春風錦幄，蛩聲夜雨蓬窗。諳盡悲歡多少味，酒杯付與疏狂。無奈供愁秋色，時時遞入柔腸。

□□□　灞橋雪

驢背吟詩清到骨。人間別是閑勛業。雲臺煙閣久銷沉。灞橋雪。茫茫萬逕人蹤滅。人蹤滅。此時方見，乾坤空闊。　騎驢老子真奇絶。肩山吟聳清寒冽。清寒冽。只緣不禁，梅花撩撥。（健按：全宋詞卷五十二已收此詞，題作憶秦娥，云見欽定詞譜卷五。）

又　曲江花

帝城東畔富韶華。滿路飄香爛錦霞。多少春風年少客。馬蹄踏遍曲江花。曲江花。宜春十里錦雲遮。錦雲遮。水邊院落，山下人家。茸茸細草承香車。金鞍玉勒争年華。争年華。酒樓青旆，歌板紅牙。（健按：全宋詞卷五十二據欽定詞譜卷五録入。惟春風作風流。）

又　庾樓月

碧天如水纖雲滅。可是高人清興發。徙倚危欄有所思。江頭一片庾樓月。庾樓月。水天涵映秋澄澈。秋澄澈。涼風清露，瑶臺銀闕。桂花香滿蟾蜍窟。胡床興發霏談雪。霏談雪。誰家鳳管，夜深吹徹。

又　楚臺風

誰將彩筆弄雌雄。長日君王在渚宮。一段瀟湘涼意思。至今都入楚臺風。楚臺風。蕭蕭瑟瑟穿簾櫳。穿簾櫳。滄江浩渺，綺閣玲瓏。飄飄彩筆摇長虹。泠泠仙籟鳴虚空。鳴虚空。一闌修竹，幾壑疏松。

風入松　西山

崇巒雨過碧瑶光。花木遍幽香。青冥杳靄無塵到，比龍宫、分外清凉。霽景一樓蒼翠。薫風滿壑笙簧。不妨終日此徜徉。宇宙總俳場。石邊試劍人何在，但荒煙、蔓草迷茫。好酹杯中芳酒，少留樹杪斜陽。

滿江紅　詠砧聲

一派秋聲，年年向、初寒時節。早又是、半天驚籟，滿庭鳴葉。幾處搗殘深院日，誰家敲落高樓月。道聲聲、總是玉關情，情何切。　　鬭雲起，偏激烈。隨風去，還幽咽。正歸鴻簾幙，棲鴉城闕。閨閣幽人千里思，江湖旅客經年别。當此時、寂寞倚闌干，成愁結。

又

風雨蕭蕭，長途上、春泥没足。謾回首、青山無數，笑人勞碌。山下粉粉梅落粉，渡頭淼淼波摇緑。想小園、寂寞鎖柴扉，繁花竹。　　曳文履，鏘鳴玉。綺樓叠，雕闌曲。又何如、湖上芒鞋草屋。萬頃水雲翻白鳥，一蓑煙雨耕黄犢。悵東風、相望渺天涯，空凝目。

碧芙蓉　九日

客裏遇重陽，孤館一杯，聊賞佳節。日暖天晴，喜秋光清絶。霜乍降、寒山凝紫，霧初消、澄潭皎潔。闌干閑倚。庭院無人。顛倒飄黄葉。　故園當此際。遥想弟兄羅列。攜酒登高。把茱萸簪徹。嘆籠鳥羈蹤難去。望征鴻歸心謾切。長吟抱膝。就中深意憑誰説。

滿庭芳　賞梅

庭院餘寒，簾櫳清曉，東風初破丹苞。相逢未識，錯認是夭桃。休道寒香較晚，芳叢裏、便覺孤高。憑闌久，巡簷索笑，冷蕊向青袍。　揚州春興動，主人情重，招集吟豪。信冰姿瀟灑，趣在風騷。脈脈此情誰會，和羹事且付香醪。歸來後，湖頭月淡，佇立看煙濤。

念奴嬌

千門明月，天如水，正是人間佳節。開盡小梅春氣透，花燭家家羅列。來往綺羅，喧闐簫鼓，達旦何曾歇。少年當此，風光真是殊絶。　遥想二十年前，此時此夜，共綰同心結。

窗外冰輪依舊在，玉貌已成長别。舊着羅衣，不堪觸目，灑淚都成血。細思往事，祇添鏡裏華髮。

又　赤壁舟中詠雪

中流鼓楫，浪花舞，正見江天飛雪。遠水長空連一色，使我吟懷逸發。寒峭千峰，光摇萬象，四野人蹤滅。孤舟垂釣，漁蓑真個清絶。　遥想溪上風流，悠然乘興，獨棹山陰月。争似楚江帆影净，一曲浩歌空闊。禁體詞成，過眉酒熱，把唾壺敲缺。馮夷驚道，坡翁無此赤壁。

又

畫橋東過，朱門下，一水閑縈花草，獨駕一舟千里去，心與長天共渺。乍暖扶春，輕寒弄曉，是處人蹤少。黯然望極，酒旗茅屋斜裊。　少年無限風流，有誰念我，此際情難表。遥想藍橋何日到，暗把心期自禱。柳陌輕飃。沙汀殘雪，一路風煙好。携壺自飲，閑聽山畔啼鳥。

又

朝來佳氣。鬱蔥蔥。報道懸弧良節。綠水朱華秋色嫩。景比蓬萊更別。萬縷銀鬚。一枝鐵杖。信是人中傑。此翁八十。怪來精彩殊絶。　聞道久種陰功。杏林橘井。此輩都休説。一點心通南極老。錫與長生仙牒。亂舞斑衣。齊傾壽酒。滿座笙歌咽。年年今日。華堂醉倒明月。

又　詠柳

纖腰嫋嫋。東風裏。逞盡娉婷態度。應是青皇偏着意。盡把韶華付與。月榭花臺。珠簾畫檻。幾處堆金縷。不勝風韻。陌頭又過朝雨。　聞説灞水橋邊。年年春暮。滿地飄香絮。掩映夕陽千萬樹，不道離情正苦。上苑風和。瑣窗晝静，調弄嬌鶯語。傷春人瘦。倚闌半餉延佇。

又　過小孤山

長江滚滚。東流去。激浪飛珠濺雪。獨見一峰青崪嵂。當住中流萬折。應是天公，恐他瀾倒。特向江心設。屹然今古。舟郎指點争説。岸邊無數青山，縈回紫翠，掩映雲千叠。都讓洪濤恣洶湧，却把此峰孤絶。薄暮煙扉，高空日焕。諳曆陰晴徹。行人過此。爲君幾度擊楫。（健按：全宋詞卷五十二據皖詞紀勝録此詞。）

又

滿天風雪。向行人做出征途模樣。回首家山才咫尺。便有許多離況。少歲交遊。當時風景。喜得重相傍。一樽談舊，驪駒門外休唱。自笑二十年來。扁舟來往。慚愧湖頭浪。獻策彤庭身漸老。惟有丹心增壯。玉洞花光。金城柳眼。何用生悽愴。爲君起舞。驚看豪氣千丈。

又

夜凉湖上。酌芳尊對此一輪皓月。歲月匆匆人老大。又近中秋時節。夜氣沆瀣。湖光曠邈。風舞蕭蕭葉。水天一色。坐來肌骨清澈。自念塵滿征衫。無人爲浣。灑淚今成血。玉兔銀蟾休道遠。不識愁人情切。繡帳香銷。畫屏燭冷。此意憑誰説。天青海碧，枉教望斷瑶闕。

解語花

窗涵月影。瓦冷霜華。深院重門悄。畫樓雪杪誰家笛。弄徹梅花新調。寒燈凝照。見錦帳雙鸞翔繞。當此時倚几沉吟，好景都成惱。　曾過雲山煙島。對繡襦甲帳。親逢一笑。人間年少多情子。惟恨相逢不早。如今見了。却又惹許多愁抱。算此情除是青禽。爲我殷勤報。（健按：全宋詞卷五十二據欽定詞譜卷二十八録此詞。惟雪杪作雲杪，雪山作雲山。）

玉燭新

泰階開景運。見金鎖緑沉。韝門春静。幾年淮海煙波境。貯此風流標韻。連天笳鼓。又催把經綸管領。文武事。細柳長楊。從頭屬齊整。　早聞横槊燕然。畫圖裏。争傳麒麟舊影。臨岐笑問。誰得似占了山林鐘鼎。古來難並。纔信是人間英俊。試看取。紫綬金章。朱顔緑鬢。

水龍吟

禁煙時候風和。越羅初試春衫薄。晝長深院。夢回孤枕。風吹鈴索。綺陌花香。芳郊塵軟。正堪遊樂。倚闌干瘦損。無人問。重重緑樹圍朱閣。對鏡時時淚落。總無心淡妝濃抹。晨窗夜帳。幾番誤喜。燈花簷鵲。月下瓊卮。花前金盞。與誰斟酌。望王孫甚日歸來。除是車輪生角。

又

瑣窗睡起門重閉。無奈楊花輕薄。水沉煙冷。琵琶塵掩。懶親弦索。檀板歌鶯。霓裳舞燕。當年娛樂。望天涯萬叠關山。煙草連天。遠憑高閣。閑把菱花自照。笑春山爲誰塗抹。幾時待得。信傳青鳥。橋通烏鵲。夢後餘情。愁邊剩思。引杯孤酌。正黯然對景銷魂。墻外一聲譙角。

石州慢　九日

深院蕭條。滿地蒼苔。一叢荒菊。含霜冷蕊。全無佳思。向人摇緑。客邊節序。草草付與清觴。孤吟只把羈懷觸。便擊碎歌壺。有誰知中曲。凝目鄉關何處。華髮緇塵。年來勞碌。契闊山中松徑。湖邊茅屋。沉思此景。幾度夢裏追尋。青楓路遠迷煙竹。待倩問麻姑。借秋風黄鵠。

喜遷鶯

西風落葉。正祖席將收。離歌三疊。鶴喜仙還。珠愁主去。立馬城頭難別。三十六湖春水。二十四橋秋月。争羡道。這水如膏澤。月同瑩潔。殊絶。郊陌上桑柘陰陰。聽得行人説。三木論囚。五花判事。個個待公方决。鸞鳳清標重睹。駟馬高門須設。揮袂處。望甘棠召伯。教人淒咽。

又

梅花春動。見佳氣充庭。祥煙縈棟。華髮方歡。斑衣正舞。飛下九霄丹鳳。温詔輝煌寵渥。御墨淋流恩重。平世裏。把榮華占斷。誰人堪共。聽頌。天付與五福隨身。總是陰功種。簾幕籠雲。樓臺麗日。不數蓬萊仙洞。白雪歌翻瑶瑟。玄露酒傾銀甕。更願取。早起來廊廟。爲蒼生用。

又

花香馥郁。正春色平中。海籌添屋。金馬清才。玉麟舊守。帝遣暫臨江國。冠蓋光生南楚。川嶽靈鐘西蜀。堪羨是。有汪洋萬頃。珠璣千斛。　聽祝。願多壽多福多男。溥作蒼生福。碧柳緋桃。錦袍烏帽。輝映顔朱鬢緑。早見鶴樓風采。歸掌鸞坡機軸。百歲裏。慶團圞長是。冰輪滿足。

風流子

新陽上簾幌。東風轉。又是一年華。正駝褐寒侵。燕釵春裊。句翻詞客。簪鬪宮娃。堪娱處。林鶯啼暖樹。渚鴨睡晴沙。繡閣輕煙。剪燈時候。青旗殘雪，賣酒人家。此時因重省。瑶臺畔。曾過翠蓋香車。惆悵塵緣猶在。密約還賒。念鱗鴻不見。誰傳芳信，瀟湘人遠，空采蘋花。無奈疏梅風景。淡草天涯。

沁園春

錦里繁華。峨眉佳麗。遠客初來。憶那處園林。舊家桃李。知他別後。幾度花開。月下金罍。花間玉珮。都化相思一寸灰。愁絶處。又香銷寶鴨。燈暈蘭煤。東風杜宇聲哀。歎萬里何由便得回。但日日登高。眼穿劍閣。時時懷古。淚灑琴臺。尺素書沈。偷香人遠。驛使何時爲寄梅。對落日。因凝思此意。立遍蒼苔。

又

暖日高城。東風舊侶。共約尋芳。正南浦春回。東岡寒退。粼粼鴨緑。嫋嫋鵝黄。柳下觀魚。沙邊聽鳥。坐久時生杜若香。綺陌上。見踏青挑菜。遊女成行。人間今古堪傷。春草春花夢幾場。憶淮海當年。英豪滿座。詞翻鮑謝。字壓鍾王。今日重來。昔人何在。把筆蘭皋思欲狂。對麗景。且莫思往事。一醉斜陽。

摸魚兒

傍湖濱幾椽茅屋，依然又過重九。煙波望斷無人見。惟有風吹疏柳。凝思久。向此際寒雲。滿目空搔首。何人送酒。但一曲溪流。數枝野菊。自把唾壺叩。休株守。塵世難逢笑口。青春過了難又。一年好景真須記，橘緑橙黄時候。君念否。最可惜霜天。閑却傳杯手。鷗朋鷺友。聊摘取茱萸。殷勤插鬢。香霧滿衫袖。

蘭陵王

雨初歇。簾卷一鉤淡月。望河漢幾點疏星。冉冉纖雲度林樾。此景清更絶。誰念柔情蘊結。孤燈暗。獨步華堂。蟋蟀蝭蟧弄時節。　　沉思恨難説。憶花底相逢。親贈羅纈。春鴻秋雁輕離別。擬尋個錦鯉。寄將尺素。又恐煙波路隔。越歌殘。唾壺缺。　淒咽。意空切。醉損瓊巵。望斷瑶闕。御溝曾解流紅葉。待何日重見。霓裳聽徹。彩樓天遠。夜夜襟袖染啼血。（健按：此首見欽定詞譜卷三十七，全宋詞已引，惟蝭蟧作莎階。鯉作鱗，解作記。）

影宋乾道高郵軍學本淮海居士長短句序

宋刻淮海居士長短句，有單詞本及全集本兩種。單詞本可知者有二：一爲嘉定長沙書坊刊百家詞中之淮海詞本（見直齋書録解題郭應祥笑笑詞下注。據彊村叢書本嘉定元年滕仲英笑笑詞跋，知百家詞殺青於嘉定初年）。一爲閩刻之琴趣本，季滄葦書目云有「歐陽文忠秦淮海真西山琴趣四本宋刻。」傳是樓書目亦載淮海琴趣一本，清初黄子鴻即據宋本琴趣以校毛晉刻本也。（葉遐庵丈疑琴趣爲詞之彙集。考朱彝尊序水村琴趣，謂琴趣者取諸涪翁詞集名。尚不知爲坊間彙刻時所標之號，參吴師道禮部詩話。倉石武四郎有論「琴趣外編」一文，載《支那學》第四卷。琴趣刊有真西山詞，可推知彙刻殆在理宗時，比長沙百家詞稍後。）此類單刻本，今皆無傳。

其全集本向爲人所知者，若宋寧宗時蜀刻淮海集（板心有「眉山文中刊」字樣），見於鐵琴銅劍樓藏書目，爲四十六卷本。瞿氏所藏乃殘帙，勘以日本内閣文庫藏乾道間高郵軍學本，爲淮海集四十卷淮海居士長短句三卷淮海後集六卷，則此蜀刻是否包有長短句三卷，尚難確知。國内庋藏宋刻淮海集長短句，向惟故宫博物院及吴湖帆藏兩殘本，最爲有名，番禺葉丈彙而刊之，惜非全璧。内閣文庫此本，有昌平學及淺草文庫印，爲現存淮海集僅有之完本。天水舊槧，向所嘆如球圖者，今得重梓行於世，亦倚聲家所宜稱快也，刊印既成，遂書其顛末如此。乙巳清和饒宗頤

跋

曩朱古微翁刻彊村叢書，苦秦淮海詞無善本，曹元忠因録松江韓緑卿藏淮海集鈔本貽之。韓本黄蕘圃曾據宋本手校，其宋本原帙，未得見也，蕘圃目睹之宋刻，爲社壇吴氏舊藏淮海長短句，有目録及上卷，中卷僅存第一第四，具詳其嘉慶庚午跋語。

又道光元年重檢題記，此本内錯入淮海閒居文集序，其缺葉則爲明朱卧庵鈔補者。是册曾經潘氏滂喜齋藏，後歸吴縣吴湖帆。故宫又有淮海長短句殘本，向爲無錫秦對巖家藏，黄蕘圃曾從秦氏借校。是本民國十九年影印問世。厥後番禺葉丈遐庵取故宫及吴

氏兩殘宋本，合併付刊題曰「宋本兩種合印淮海長短句」，由是海內咸推爲善本。惜兩原本皆有殘缺，以舊校鈔補葉，仍非完璧。

一九五七年，龍榆生點校蘇門四學士詞，其中淮海居士長短句，即以葉本爲據。葉本所據原爲南宋刊淮海集附刻，刊於何時何地，因有缺葉，未諳其詳。葉丈定爲乾道間杭郡刊本，蓋從集中宋諱缺筆推定，非別有確據也。

去歲余在東京，讀書內閣文庫，見有宋槧高郵軍學本淮海集，內長短句三卷，友人清水茂教授以影本見貽，其前有閒居文集序四葉，又淮海居士長短句目録二葉。目録中「桃源憶故人」「源」字從「木」作「桃榞」，與吴湖帆本相同，知原出於一本。卷下吴本故宮本多爲鈔補，其末頁葉丈云故宮係出自原板，今細勘之，與故宮本多符，惟「微波澄不動」句故宮本誤作「徽波」，此則不誤；乃知故宮本末頁，殆出補刊，不及此本之善也。

此宋本又有一字可正補鈔之訛者，卷下品令「又也何須肐織」，「肐」字葉本補頁作「吃」。按「吃」訓日氣，文意不貫。玉篇「肐，身振也」，字在物韻，音迄，當以作肐爲是。此本雨中花本白玉二字仍誤合爲皇，説已見蕘翁校語。其與張綖本胡民表本鄧章漢本及葉本歧異處，另詳校記。

最足珍異者，卷末有乾道癸巳正月望日三林機景度撰淮海居士文集後序十九行，稱

「里人王公定國牧是邦，校集成編，總七百二十篇，釐爲四十九卷，板置郡庠。」序後題記：「高郵軍學淮海文集計四百四十九板」。是此本明爲乾道癸巳高郵軍學刻本，吳本故宫本與此既相同，則向所疑爲杭郡刊本，應據訂正云。乙巳正月饒宗頤

歷代評述輯録

蘇軾《書秦少游詞後》：少游昔在虔州，嘗夢中作詞云：「山路雨添花，花動一山春色。行到小溪深處，有黄鸝千百。飛雲當面化龍蛇，夭矯轉空碧。醉卧古藤陰下，了不知南北。」供奉官莫君沔官湖南，喜從遷客遊，尤爲吕元鈞所稱。又能誦少游事甚詳，爲余道此詞，至流涕，乃録本使藏之。建中靖國元年三月二十一日。（《蘇軾文集》卷六十八）

蘇軾《書秦少游挽詞後》：庚辰歲六月二十五日，予與少游相别於海康，意色自若，與平日不少異。但自作輓詞一篇，人或怪之。予以爲少游齊死生，了物我，戲出此語，無足怪者。已而北歸，至藤州，以八月十二日，卒於光化亭上。嗚呼！豈亦自知當然者耶？乃録其詩云。（《蘇軾文集》卷六十八）

蘇軾《與歐陽元老書》：今行至白州，見容守之猶子陸齋郎云，少游過容，留多日，飲酒賦詩如平常，容守遣般家二卒，送歸衡州。至藤，傷暑困卧，至八月十二日，啓手足於江

亭上……哀哉痛哉，何復可言！當今文人第一流，豈可復得！此人在，必大用於世，不用，必有所論著以曉後人。前此所著，已足不朽，然未盡也，哀哉！哀哉！（《蘇軾文集》卷五十八）

黄庭堅《送少章從翰林蘇公餘杭》：東南淮海惟揚州，國士無雙秦少游。欲攀天關守九虎，但有筆力回萬牛。文學縱横乃如此，故應當家有季子。（《黄山谷詩集内集》卷十一）

黄庭堅《病起荆江亭即事十首之八》：閉門覓句陳無己，對客揮毫秦少游。正字不知温飽未？西風吹淚古藤州。（《黄山谷詩集内集》卷十四）

黄庭堅《與王庠周彦書》：秦少游没於藤州，傳得自作祭文并詩，可爲隕涕！如此奇才，今世不復有矣！（《豫章黄先生文集》卷十九）

李彭《遺興寄豫章二弟》：國士無雙有山谷，斗南獨步憶秦郎。鸚鵡洲前多勝日，古藤蔭下夜何長！（《日涉園集》卷十）

陳師道《後山詩話》：退之以文爲詩，子瞻以詩爲詞，如教坊雷大使之舞，雖極天下之工，要非本色。今代詞手，惟秦七、黄九，唐諸人不逮也。

又：世語云：「蘇明允不能詩，歐陽永叔不能賦，曾子固短於韻語，黄魯直短於散語，蘇子瞻詞如詩，秦少游詩如詞。」

張耒《贈李德載》：長翁波濤萬頃陂，少翁巉秀千尋麓，黄郎蕭蕭日下鶴，陳子峭峭霜中竹，秦文倩藻舒桃李，晁論峥嶸走金玉。六公文字滿人間，君欲高飛附鴻鵠。（《柯山集》卷十）

李廌《濟南先生師友談記》：廌謂少游曰：「比見東坡，言少游文章如美玉無瑕，又琢磨之功，殆未有出其右者。」少游曰：「某少時用意作賦，習慣已成。誠如所諭，點檢不破，不畏磨難，然自以華弱爲愧。」邢和叔嘗曰：「子之文銖兩不差，非稱上稱來，乃等子上等來。」廌曰：「人之文章，闊達者失之太疏，謹嚴者失之太弱。少游之文，詞雖華而氣古，事備而意高，如鐘鼎然。其體質規模，質重而簡易，其刻畫篆文，則後之鑄師莫仿佛。宜乎東坡稱之爲天下奇作也，非過言矣！」

趙令畤《侯鯖録》卷七：秦少游、賀方回相繼以歌詞知名。少游有詞云：「醉卧古藤蔭下，了不知南北。」其後遷謫，卒於藤州光華亭上。方回亦有詞云：「當年曾到王陵鋪，鼓角秋風，千歲遼東，回首人間萬事空。」後卒於北門，門外有王陵鋪云。

趙令畤《侯鯖録》卷八：無咎云：「比來作者，皆不及秦少游。如云『斜陽外，寒鴉數點，流水遶孤村』，雖不識字人，亦知是天生好言語也。」

王直方《詩話》云：秦少游以校勘出爲杭倅，方至楚泗間，有詩云：「平生逋欠僧房睡，準擬如今處處還。」詩成之明日，報責監處州酒，好事者以爲詩讖。（《詩話總龜》卷三十二）

又云：東坡嘗以所作小詞示無咎、文潛，曰：「何如少游？」二人皆對云：「少游詩似小詞，先生小詞似詩。」（《苕溪漁隱叢話》前集卷四十二）

蘇籀《書三學士長短句新集後》：嘗竊評之，黄太史纖穠精穩，體趣天出，簡切流美，能中之，能投棄錡斧，有佩玉之雍容。秦校理落盡畦畛，天心月脅，逸格超絶，妙中之妙，議者謂前無倫而後無繼。晁南宫平處言近文緩，高處新規勝致，朱弦三嘆，斐麗音旨，自成一種姿致……三公之詞，非專玩而獨鑒者，實四海九州有識之士共焉，故予言而不僭越也。（《雙溪集》卷十一）

朱弁《曲洧舊聞》卷五：東坡嘗語子過曰：「秦少游、張文潛，才識學問，爲當世第一，無能優劣二人者。少游下筆精悍，心所默識，而口不能傳者，能以筆傳之。然而氣韻雄拔，疏通秀朗，當推文潛。二人皆辱與予遊，同陞而并黜。」

釋覺範《冷齋夜話》：少游小詞奇麗，詠歌之，想見其神情在絳闕道山之間。（《詩人玉屑》卷二十）

胡仔《苕溪漁隱叢話》前集卷六：少游云：「蘇武、李陵之詩長於高妙，曹植、劉公幹之詩長於豪逸，陶潛、阮籍之詩長於冲澹，謝靈運、鮑照之詩長於峻潔，徐陵、庾信之詩長於藻麗。子美者，窮高妙之格，極豪逸之氣，包冲澹之趣，兼峻潔之姿，備藻麗之態，而諸家之所作不及焉。」

胡仔《苕溪漁隱叢話》前集卷五十：東坡嘗有書薦少游於荆公，云：「向屢言高郵進士秦觀太虚，公亦粗知其人。今得其詩文數十首拜呈。詞格高下，固已無逃於左右，此外博綜史傳，通曉佛書，若此類未易一一數也。」荆公答書云：「示及秦君詩。適葉致遠一見，亦以謂清新嫵麗，鮑謝似之。公奇秦君口之而不置，我得其詩手之而不釋。」

胡仔《苕溪漁隱叢話》後集卷三十三：「苕溪漁隱曰：無己稱今代詞手，惟秦七黄九耳，唐諸人不迨也。無咎稱魯直詞不是當家語，自是着腔子唱好詩。二公在當時品題不同如此。自今觀之，魯直詞亦有佳者，第無多首耳。少游詞雖婉美，然格力失之弱。二公之言殊過譽也。」

胡仔《苕溪漁隱叢話》後集卷三十三：「《冷齋夜話》云：東坡初未識少游。少游知其將復過維揚，作坡筆語，題壁於一山寺中。東坡果不能辨。大驚，及見孫莘老出少游詩詞數十篇，讀之，乃嘆曰：向書壁者定此郎也。」

胡仔《苕溪漁隱叢話》後集卷三十三：「李易安云：『樂府聲詩並著……逮至本朝，禮樂文武大備。又涵養百餘年，始有柳屯田永者，變舊聲，作新聲，出《樂章集》，大得聲稱于世，雖協音律，而詞語塵下。又有張子野、宋子京兄弟、沈唐、元絳、晁次膺輩繼出，雖時時有妙語，而破碎何足名家。至晏元獻、歐陽永叔、蘇子瞻，學際天人，作爲小歌詞，直如酌蠡水于大海。然皆句讀不葺之詩爾。又往往不協音律者，何邪？蓋詩文分平側，而歌詞分五音，又分五聲，又分六律，又分清濁輕重。且如近世，所謂聲聲慢，雨中花，喜遷鶯，既押平聲韻，又押入聲韻。玉樓春本押平聲韻，又押上去聲，又押入聲。本押仄聲韻，如押上聲則協，如押入聲則不可歌矣。王介甫、曾子固文章似西漢，若作一小歌詞，則人必絶倒，不可讀也。乃知別是一家，知之者少。後晏叔原、賀方回、秦少游、黄魯直出，始能知之。又晏苦無鋪叙，賀苦少典重，秦即專主情致，而少故實，譬如貧家美女，非不妍麗，而終乏富貴態。黄即尚故實而多疵病，譬如良玉有瑕，價自減半矣。』苕溪漁隱曰：「易安歷評諸公歌詞，皆摘其短，無一免者，此論未公，吾不憑也。其意蓋自謂能擅其長，以樂府名家者。」退之詩云：「不知群兒愚，那用故謗傷。蚍蜉撼大樹，可笑不自量。」正爲此輩發也。」

葉夢得《避暑録話》卷下：「秦觀少游，亦善爲樂府，語工而入律，知樂者謂之作家歌。

元豐間盛行于淮楚。『寒鴟萬點，流水繞孤村。』本隋煬帝詩也，少游取以爲《滿庭芳》辭，而首言山抹微雲，天粘衰草，尤爲當時所傳。蘇子瞻于四學士中最善少游，故他文未嘗不極口稱善，豈特樂府。然猶以氣格爲病，故常戲云：『山抹微雲秦學士，露花倒影柳屯田』，露花倒影，柳永《破陣子》語也。」

曾季貍《艇齋詩話》：「少游『水邊沙外，城郭春寒退』詞，爲張芸叟作。有簡與芸叟云：『古者以代勞歌，此真所謂勞歌。』」

張邦基《墨莊漫録》卷三：「秦少游侍兒朝華，姓邊氏，京師人也。元祐癸酉納之。嘗爲詩云：『天風吹月入欄杆，烏鵲無聲子夜闌。織女星明來枕上，了知身不在人間。』時朝華年十九也。後三年，少游欲修真斷世緣，遂遣朝華歸。父母家貧，以金帛而嫁之。朝華臨別，泣不已。……明年，少游出倅錢塘，至淮上，因與道友議論，嘆光景之遄。歸謂華曰：『汝不去，吾不得修真矣。』亟使人走京師，呼其父來，遣朝華隨去。復作詩云：『玉人前去却重來，此度分携更不迴。腸斷龜山離別處，夕陽孤塔自崔嵬。』時紹聖元年五月十一日。少游嘗手書記此事。未幾，遂竄南荒云。」

王灼《碧鷄漫志》：「張子野、秦少游，俊妙精逸。少游屢困京洛，故疏蕩之風不除。」

周必大跋米元章書秦少游詞：「借眼前之景而含萬里不盡之情，因古人之法而得三

味自在之力，此詞此字所以傳世。乾道己丑五月二十四日。」（《益公題跋》卷九）

孫兢《竹坡詞原序》：「先生蔡伯評近世之詞，謂蘇東坡辭勝乎情，柳耆卿情勝乎辭，辭情兼稱者，惟秦少游而已。世以爲善評。」

方岳《跋陳平仲詩》：「詞自歐、晏爲一節，長短句也。不絲不簧，自成音調，語意到處，律吕相忘。晏叔原諸人爲一節，樂府也。風流藴藉，如王謝家子弟。情致宛轉，動蕩人心，而極其摯者秦淮海。山谷非無詞，而詩掩詞。淮海非無詩，而詞掩詩。」（《秋崖集》卷三十八）

張炎《詞源》：「秦少游詞體制淡雅，氣骨不衰，清麗中不斷意脈，咀嚼無滓，久而知味。」

《山堂肆考》卷一一七《義娼傳》：「長沙義妓者，不知其姓氏。善謳，尤喜秦少游樂府，得一篇，輒手筆口哦，不置久之。少游坐鉤黨南遷，道經長沙，訪潭土風俗，妓籍中可與言者，或舉妓，遂往訪。少游初以潭去京師數千里，其俗山獠陋劣，雖聞妓名，意甚易之。及覩其姿容既美，而所居復瀟灑可人，即京洛間亦未易得，咄咄稱異。坐語間見几上文一編，就視之，目曰秦學士詞。因取閲，皆已平日所作者，環視無他文。少游竊怪之。故問曰：『秦學士何人也？』妓不知即少游，具道其才品。少游曰：『能歌乎？』曰素所習也。少游益怪之。曰：『樂府名家無慮數百，若何獨愛此？不惟愛之，而又習之歌之，似情有獨鍾者。彼秦學士亦嘗遇若乎？』曰：『妾僻陋在此，彼秦學士京師貴人，焉得至此。即至此，豈顧妾哉？』少游乃戲曰：『若愛秦學士，徒悦其詞耳。使親見其貌，未必然也。』妓歎曰：『嗟乎！使得見秦學士，雖爲之妾御，死復何恨？』少游察其誠，因謂曰：『若果欲見之，即我是也。以貶黜道經於此。』妓大驚，色若不懌者。稍稍引退，入告母媪。媪出設位坐少游於堂，妓冠帔立，坐下北面拜。少游起且避，媪掖之坐以受。拜已，乃張筵飲虛左席，示不敢抗。母子左右侍觴，酒一行率歌少游詞一闋，以侑之，飲卒甚歡，比夜乃罷。止少游宿，衾枕席褥，必躬設。夜分寢定，妓乃寢。平明先起，飾冠帔，奉沃匜，立帳外以俟。少游感其意，爲留數日。妓不敢以燕惰見，愈加敬禮。將別，囑曰：『妾不肖之身，幸侍左右。今學士以王命，不可久留，妾懼貽累，又不敢從行，惟誓潔身以報。他日北歸，幸一過妾，妾願畢矣。』少游許之。一別數年，少游竟死于藤。娼一日晝寢，寤，驚泣曰：『吾自與秦學士別，未嘗見夢。今夢來別，非吉兆也。秦其死乎？』亟遣僕順途覘之，數日得報，秦果死矣。乃謂媪曰：『吾昔以此身許秦學士，今不可以死故背之，遂衰經以赴。行數百里，遇於旅館。拊棺繞之三週，一慟而絶。京口人鍾鳴將之常州教官，以聞於郡守李次山結。既爲作《義娼傳》，又繫之贊云』。」（又見《宋稗類鈔》卷十七、洪邁《夷堅志

補》卷二》）

張綖明嘉靖本《淮海集淮海長短句》跋：「陳後山云：『今之詞手，惟有秦七、黄九。』謂淮海、山谷也。然詞尚豐潤，山谷特瘦健，似非秦比。此在諸公非其至，多出一時之興，不自甚惜，故散落者多。其風懷綺麗者，流播人口，獨見傳録，蓋亦泰山毫芒耳。」

王世貞《藝苑卮言》：「《花間》以小語致巧，《世説》糜也；《草堂》以麗字取妍，六朝隃也。即詞稱詩餘，然而詩人不爲也。何者？其婉孌而近情也，足以移情而奪嗜；其柔靡而近俗也，詩嘽緩而就之，而不知其下也。之詩而詞，非詞也；之詞而詩，非詩也。言其業，李氏、晏氏父子，耆卿、子野、美成、少游、易安，至也，詞之正宗也。温、韋艷而促，黄九精而險，長公麗而壯，幼安辯而奇，又其次也，詞之變體也。」

王象晋《秦張兩先生詩餘合璧序》：「詩餘盛於趙宋，諸凡能文之士，靡不舐墨吮毫，争吐其胸中之奇，競相雄長。及淮海一鳴，即蘇黄且爲遜席。蓋詩有别才，從古志之。詩之一派，流爲詩餘，其情郅，其詞婉，使人誦之，浸淫漸漬，而不自覺。總之，不離温厚和平之旨者近是。故曰詩之餘也。此少游先生所獨擅。」

毛晋《竹山詞》跋：「昔人評詞，盛稱李氏、晏氏父子，及耆卿、子野、少游、子瞻、美成、堯章止矣。今讀《竹山詞》一卷，語語纖巧，真《世説》靡矣；字字妍倩，真六朝隃也。」

毛晋《淮海詞》跋：「或謂詞尚綺艷，山谷特瘦健，似非秦比。朝溪子謂少游歌詞，當在東坡上。但少游性不耐聚稿，間有淫章醉句，輒散落青簾紅袖間，雖流播舌眼，從無的本。」

王士禛《高郵雨泊》：「寒雨秦郵夜泊船，南湖新漲水連天。風流不見秦淮海，寂寞人間五百年。」又《高郵雜詩》：「國士無雙秦少游，堂堂坡老醉黄州。高臺幾廢文章在，果是江河萬古流。」（《漁洋山人精華録》）

王士禛《分甘餘話》卷二：「凡爲詩文，貴有節制，即詞曲亦然。正調至秦少游、李易安爲極致，若柳耆卿則靡矣。邊調至東坡爲極致，辛稼軒豪於東坡，然不免稍過。」

田同之《西圃詞説》：「漁洋王司寇云：『……此詩之餘，而樂府之變也。語其正，則南唐二主爲之祖，至漱玉、淮海而極盛，高、史其嗣響也。語其變，則眉山道其源，至稼軒、放翁而盡變，陳、劉其餘波也。有詩人之詞，唐、蜀、五代諸人是也。文人之詞，晏、歐、秦、李諸君子是也。有詞人之詞，柳永、周美成、康與之之屬是也。有英雄之詞，蘇、陸、辛、劉是也。』」

余恭《補刻淮海集後序》：「淮海居士秦公少游，曠爽超俗，史稱其思深而文麗，風雅之士皆宗之。余讀《淮海集》，而知文藻之不足以盡其人也。觀其論石慶，詆爲鄙人，與公

孫弘等同譏，其耿介可知。至讀集策序，則忠愛盎然，通達國體，彼其意實欲有所用，其未足，豈僅以文顯哉！其人如此，宜其百折不回，與蘇、黄諸君子同不朽也。……山谷老人有言：『臨大節而不可奪，此真不俗人也。』至哉斯語，其殆爲先生言之歟？』」

《四庫全書總目》卷一百九十八：「《淮海詞》一卷，宋秦觀撰。觀有《淮海集》，已著録。《書録解題》載淮海詞一卷，而傳本俱稱三卷。此本爲毛晋所刻，僅八十七調，裒爲一卷，乃雜採諸書而成，非其舊帙。其總目注：原本三卷，特姑存舊數云爾。晋跋雖稱訂訛搜遺，而校讎尚多踈漏。如集内《長相思》『鐵甕城高』一闋，乃用賀鑄韻，尾句作『鴛鴦未老否』。《詞匯》所載則作『鴛鴦未老綢繆』，考當時楊无咎亦有此調，與觀同賦。注云：用方回韻。其尾句乃『佳期永卜綢繆』，知《詞匯》爲是矣。又《河傳》一闋，尾句作『悶損人，天不管』。考黄庭堅亦有此調，尾句作『好殺人，天不管。』自注云：因少游詞，戲以好字易瘦字。是觀原詞當是『瘦殺人，天不管』，『悶』『損』二字爲後人妄改也。至『唤起一聲人悄』一闋，乃在黄州咏海棠作，調名《醉鄉春》，詳見《冷齋夜話》。此本乃缺其題，但以三方空記之，亦爲失考，今並釐正，稍還其舊。觀詩格不及蘇、黄，而詞則情韻兼勝，在蘇黄之上。流傳雖少，要爲聲家一作手。宋葉夢得《避署録話》曰：秦少游亦善爲樂府，語工而入律，知樂者謂之作家歌。蔡絛《鐵圍山叢談》亦記觀壻范温，常預貴人家會，貴人有侍兒喜歌秦少游長短句，坐間略不顧温。酒酣懽洽，始問此郎何人？温遽起叉手對曰：『某乃山抹微雲女壻也。』聞者絶倒云云。夢得，蔡京客。絛，蔡京子。而所言如是，則觀詞爲當時所重可知矣。』」

嚴秋水《淮海詞》跋：『右《淮海先生集》四十卷，後集六卷，吾錫秦氏世守本也。《淮海集》雕本先後四家：儀真黄中丞刻於山東，高郵張牧刻於鄂州，胡民表刻於高郵，最後李君之藻薈萃諸家，編次成帙，至今流傳坊間。而卷帙互異，編次多不詮整。次本爲先生自訂，自叙云十卷，本傳云四十卷。今分爲四十六卷，蓋北宋槧本即雪洲黄氏所稱監本，惜歲久漫漶者也……康熙戊戌春三月，舊史氏後學嚴繩孫。』」

李調元《雨村詞話》：「秦少游《淮海集》，首首珠璣，爲宋一代詞人之冠。」

賀裳《皺水軒詞筌》：「少游能合曼聲以合律，寫景能淒婉動人，然形容處殊無刻肌入骨之言，去韋莊、歐陽炯諸家，尚隔一層。」

樓敬思云：「淮海詞風骨自高，如紅梅作花，能以韻勝，覺清真亦無此氣味也。」（《詞林紀事》卷六引）

彭孫遹《金粟詞話》：「詞家每以秦七、黄九并稱，其實黄不及秦遠甚；猶高之視史，劉之視辛，雖齊名一時，而優劣自不可掩。」

彭孫遹《詞藻》：「長詞惟秦、柳、周、康爲協律。然康惟《滿庭芳》冬景一詞，可稱禁臠，餘多應酬鋪叙，非芳旨也。周清真雖未高出，大致匀净，有柳攲花嚲之致，沁人肌骨，視淮海不徒娣姒而已。」（《詞苑叢談》卷四）

又：「華亭宋尚木徵璧曰，吾於宋詞得七人焉：曰永叔，其詞秀逸；曰子瞻，其詞放誕；曰少游，其詞清華；曰子野，其詞娟潔；曰方回，其詞新鮮；曰小山，其詞聰俊；曰易安，其詞妍婉。」（《詞苑叢談》卷四）

劉熙載《藝概》卷四：「少游詞有小晏之妍，其幽趣則過之。梅聖俞《蘇幕遮》云：『落盡梅花春又了，滿地斜陽，翠色和煙老。』此一種似爲少游開先。」

又：「秦少游詞得《花間》《尊前》遺韻，却能自出清新。東坡詞雄姿逸氣，高軼古人，且稱少游爲詞手。山谷傾倒於少游《千秋歲》詞『落紅萬點愁如海』之句，至不敢和。要其他詞之妙，似此者豈少哉！」

又：「叔原貴異，方回贍逸，耆卿細貼，少游清遠，四家詞趣各别，然尚婉則同耳。」

又：「南宋詞近耆卿者多，近少游者少，少游疏而耆卿密也。」

張惠言《詞選序》：「宋之詞家號爲極盛，然張先、蘇軾、秦觀、周邦彦、辛棄疾、姜夔、王沂孫、張炎，淵淵乎文有其質焉。」

周濟《介存齋論詞雜著》：「晉卿曰：『少游正以平易近人，故用力者終不能到。』又：「良卿曰：『少游詞，如花含苞，故不甚見其力量，其實後來作手，無不胚胎於此。』」（同上）

周濟《宋四家詞選目録序論》：「少游和婉醇正，稍遜清真者辣耳。少游意在含蓄，如花初胎，故少重筆。然清真沈痛至極，仍能含蓄。」

郭麐《靈芬館詞話》：「詞之爲體大略有四：風流華美，渾然天成，如美人臨妝，却扇一顧，花間諸人是也。晏元獻、歐陽永叔諸人繼之。施朱傅粉，學步習容，如宮女題紅，含情幽艷，秦、周、賀、晁諸人是也。柳七則靡曼近俗矣。姜、張諸子一洗鉛華，獨標清綺，如瘦石孤花，清笙幽磬，入其境者疑有仙靈，聞其聲者人人自遠。夢窗、竹窗或揚或沿，皆有新雋，詞之能事畢矣！至東坡以横絶一代之才，凌厲一世之氣，間作倚聲，意若不屑，雄詞高唱，别爲一宗，辛、劉則粗豪太甚矣！其餘幺弦孤韻，時有可喜，溯其派别不出四者。」

馮金伯《詞苑萃編》：「漁洋山人曰：『詞以少游、易安爲宗，固也。然竹屋、梅溪、白石諸公極妍盡致處，反有秦、李所未到者。譬如絶句至劉賓客、杜京兆，時出青蓮、龍標一頭地。』」

譚獻《復堂詞話》：「淮海在北宋，如唐之劉文房。」

又：「放翁穠纖得中，精粹不少；南宋善學少游者惟陸。」

陳廷焯《白雨齋詞話》：「秦少游自是作手，近乎美成，導其先路。遠祖温、韋，取其神，不襲其貌。詞至是乃一變焉。然變而不失其正，遂令議者不病其變，而轉覺有不得不變者。後人動稱秦、柳，柳之視秦，爲之奴隸而不足者，何可相提並論哉？」

又：「少游、美成，詞壇領袖也。所可議者，好作艷語，不免於俚耳。故大雅一席，終讓碧山。」

又：「蔡伯世云：『子瞻辭勝乎情，耆卿情勝乎辭，辭情相稱者，惟少游而已。』此論極陋。東坡之詞，純以情勝，情之至者詞亦至，只是情得其正，不似耆卿之喁喁兒女私情耳。論古人詞，不辨是非，不別邪正，妄爲褒貶，吾不謂然。」

又：「東坡、少游，皆是情餘於辭，耆卿乃辭餘於情，解人自辨之。」

又：「秦七、黄九，并重當時。然黄之視秦，奚啻碔砆之與美玉？詞貴纏綿，貴忠愛，貴沈郁。黄之鄙俚者無論矣，即以其高者而論，亦不過於倔强中見姿態耳。於倔强中見姿態，以之作詩，尚未必盡合，况以之爲詞耶！」

又：「少游名作甚多，而俚詞亦不少，去取不可不慎。」

又：「大抵北宋之詞，周、秦兩家，皆極頓挫沈郁之妙，而少游托興尤深，美成規模較大，此周秦之異同也。」

又：「周、秦詞以理法勝，姜、張詞以骨韻勝，碧山詞以意境勝。」

又：「喬笙巢云：『少游詞寄慨身世，閒雅有情思。酒邊花下，一往而深，而怨誹不亂，悄乎得小雅之遺。』」

又：「東坡、稼軒、白石、玉田，高者難見。而少游、美成尤難見……少游則意藴言中，韻流弦外，得其貌者，猶鼷鼠之飲河，以爲果腹矣，而不知滄海之外，更有河源也。喬笙巢謂：他人之詞詞才也，少游詞心也。』可謂卓識。」

王又華《古今詞論》：「張世文曰：詞體大略有二，一婉約，一豪放，蓋詞情藴藉，氣象恢弘之謂耳。然亦在乎其人。如少游多婉約，東坡多豪放。東坡稱少游爲今之詞手，大抵以婉約爲正也。所以後山評東坡如教坊雷大使舞，雖極天下之工，要非本色。」

馮煦《宋六十一家詞選例言》：「少游以絶塵之才，早與勝流，不可一世，而一謫南荒，遽喪靈寶，故所爲詞寄慨身世，閒雅有情思，酒邊花下，一往而深。而怨誹不亂，悄乎得小雅之遺，後主之後，一人而已。昔張天如論相如之賦云：『他人之賦，賦才也；長卿，賦心也。』予於少游之詞亦云：『他人之詞，詞才也；少游，詞心也。得之於内，不可以傳，雖子瞻之明雋，耆卿之幽秀，猶若有瞠乎後者，况其下邪？』」

又：「淮海、小山，古之傷心人也。其淡語皆有味，淺語皆有致，求之兩宋詞人，實罕其匹。」

又：「後山以秦七、黄九並稱，其實黄非秦匹也。若以比柳，差爲得之。蓋其得也，則柳詞明媚，黄詞疏宕，而褻諢之作，所失亦均。」

謝章鋌《賭棋山莊詞話》：「晏、秦之妙麗，源於李太白、温飛卿；姜、史之清真源於張志和、白香山；惟蘇、辛在詞中則藩籬獨辟矣。」

張德瀛《詞徵》：「同叔之詞温潤，東坡之詞軒驍，美成之詞精邃，少游之詞幽艷，無咎之詞雄邈。北宋惟五子可稱大家。若柳耆卿、張子野，則又當時所翕然嘆服者也。」

况周頤《蕙風詞話》：「有宋熙豐間，詞學稱極盛。蘇長公提倡風雅，爲一代山斗。黄山谷、秦少游、晁無咎，皆長公之客也。山谷、無咎皆工倚聲，體格於長公爲近。惟少游自辟蹊徑，卓然名家。蓋其天分高，故能抽秘騁妍於尋常濡染之外，而其所以契合長公者獨深。張文潛贈李德載詩有云：『秦文倩麗舒桃李』，所謂『文』，固指一切文字而言，若以其詞論，直是初日芙蓉，曉風楊柳，倩麗之桃李，猶當之有愧色焉。王晦叔《碧鷄漫志》云：『黄晁二家詞皆學坡公，尋其七八；而於少游，獨稱其俊逸精妙，與張子野并論，不言秦學坡公，可謂知少游者也。』」

徐釚《詞苑叢談》卷一：「李氏、晏氏父子、耆卿、子野、美成、少游、易安至矣，詞之正宗也。温、韋艷而促，黄九精而刻，長公驪而壯，幼安辨而奇，又其次也。詞之變體也。詞體大略有二：一體婉約，一體豪放。婉約者，欲其詞調藴藉；豪放者，欲其氣象恢宏。然亦存乎其人，如秦少游之作，多是婉約。蘇子瞻之作，多是豪放。大約詞體以婉約爲正，故東坡稱少游爲今之詞手。後山評東坡如教坊雷大使舞，雖極天下之工，要非本色。」

夏敬觀《吷庵手校淮海詞跋》：「少游清麗婉約，辭情相稱，誦之回腸蕩氣，自是詞中上品。比之山谷，詩不及遠甚，詞則過之。蓋山谷是東坡一派，少游則純乎詞人之詞也。東坡嘗譏少游：『不意别後，公却學柳七！』少游學柳，豈用諱言？稍加以坡，便成爲少游之詞。學者細玩，當不易吾言也。」

王國維《人間詞話》：夢華《宋六十一家詞選序例》謂：「淮海、小山，古之傷心人也。其淡語皆有味，淺語皆有致。『余謂此唯淮海足以當之。小山矜貴有餘，但可方駕子野、方回，未足抗衡淮海也。』」

又：「詞之雅鄭，在神不在貌。永叔、少游雖作艷語，終有品格。方之美成，便有淑女與倡伎之别。」

又：「詞之最工者，實推後主、正中、永叔、少游、美成，而後此南宋諸公不與焉。」

又：「唐五代之詞，有句而無篇。南宋名家之詞，有篇而無句。有篇有句，唯李後主降宋後之作，及永叔、子瞻、少游、美成、稼軒數人而已。」

王國維《清真先生遺事尚論》：「……北宋人如歐、蘇、秦、黄，高則高矣，至精工博大，殊不逮先生（周清真）。故以宋詞比唐詩，則東坡似太白，歐、秦似摩詰，耆卿似樂天，方回、叔原則大曆十子之流。南宋唯一稼軒可比昌黎，而詞中老杜，則非先生不可。」

王國維《詞辨》眉批：「予於詞，五代喜李後主、馮正中，而不喜《花間》。宋喜同叔、永叔、子瞻、少游，而不喜美成。南宋只愛稼軒一人，而最惡夢窗、玉田。」

樊志厚《人間詞乙稿序》：「夫古今人詞之以意勝者，莫若歐陽公。以境勝者，莫若秦少游。至意境兩渾，則惟太白、後主、正中數人足以當之。静安之詞，大抵意深於歐，而境次於秦。」

吴梅《淮海詞跋》：「戊辰歲暮，湖帆出示此册，爲滂喜齋舊藏。……余校讀之，『驚』字『桓』字缺筆，足徵宋刊。而諸詞换頭皆提行書寫，又爲宋人刻詞之證。《水龍吟》『小樓連遠』，不作『連苑』，《滿庭芳》『天連衰草』，不作『天需』，『寒鴉萬點』，不作『數點』，《長相思》畢曲『不應同是悲秋』句，亦完好無缺。此皆宋刊佳處。……霜厓居士跋。」

吴湖帆《淮海詞題識》：「淮海居士丁元豐盛世，上承晏柳，下啓周辛，笑傲蘇門，自擅雅操。雖『香囊』『羅帶』，見譏於眉山，而『飛蓋』『華燈』，盛傳於洛下。况『揮毫萬字，一飲千鍾』，其豪情豈讓於『大江東去』哉！顧自北宋迄今，疊經喪亂，天水舊刊，幾等球圖，所傳長短句八十餘首，經張黄胡李段毛諸家，各就所見，重梓行世，雖不失爲淮海功臣，而篇次錯雜，定非舊觀。此番禺葉丈遐庵所以有宋刻本《淮海長短句》合刻之舉也……」

秦觀傳

秦觀，字少游，一字太虚，揚州高郵人。少豪雋，慷慨溢於文詞，舉進士不中。强志盛氣，好大而見奇，讀兵家書與己意合。見蘇軾於徐，爲賦黄樓，軾以爲有屈、宋才。又介其詩於王安石，安石亦謂清新似鮑謝。軾勉以應舉爲親養，始登第，調定海主簿、蔡州教授。元祐初，軾以賢良方正薦于朝，除太學博士，校正祕書省書籍。遷正字，而復爲兼國史院編修官，上日有硯墨器幣之賜。

紹聖初，坐黨籍，出通判杭州。以御史劉拯論其增損實録，貶監處州酒税。使者承風望指，候伺過失，既而無所得，則以謁告寫佛書爲罪，削秩徙郴州，繼編管横州，又徙雷州。

徽宗立，復宣德郎，放還，至藤州。出遊華光亭，爲客道夢中長短句，索水欲飲，水至，笑視之而卒。先自作挽詞，其語哀甚，讀者悲傷之，年五十三，有文集四十卷。

觀長於議論，文麗而思深。及死，軾聞之歎曰：「少游不幸死道路，哀哉！世豈復有斯人乎！」弟覿字少章，覯字少儀，皆能文。

（中華書局新校點本《宋史》卷四百四十四文苑六）

重編淮海先生年譜節要

秦瀛 編撰

高郵後學 節録

宋仁宗皇祐元年己丑（一〇四九）

先生生。先生姓秦氏，名觀，字太虛，改字少游，别號邗溝居士，學者稱淮海先生。先世居江南，中徙揚州。爲高郵州武寧鄉左廂里人。大父承議公諱某，父元化公諱某，師事胡安定先生瑗，有聲太學。母戚氏。承議公赴官南康，道出九江，先生生。

皇祐四年壬辰（一〇五二）

四歲先生大父承議公官滿，歲受代寓止僧舍。

至和元年甲午（一〇五四）

六歲。先生始入小學。父元化公遊太學，歸覲，言太學人物之盛。數稱海陵王君觀高才力學，遂以其名名先生。

嘉祐三年戊戌（一〇五八）

十歲。先生通《孝經》《語》《孟》大義。

嘉祐八年癸卯（一〇六三）

十五歲。先生父元化公卒。

英宗治平四年丁未（一〇六七）

十九歲。先生娶潭州寧鄉主簿徐成甫女，名文美。

神宗熙寧二年己酉（一〇六九）

二十一歲。先生作《浮山堰賦》。

熙寧三年庚戌（一〇七〇）

二十二歲。先生叔父定登葉祖洽榜進士第。授會稽尉。

熙寧五年壬子（一〇七二）

二十四歲。先生讀兵家書，作《單騎見虜賦》。書《屯田員外郎中俞汝尚墓表》。施元之《東坡詩注》：退翁之卒，孫莘老以爲事類。龐公爲表其墓，秦少游爲書之。

熙寧七年甲寅（一〇七四）

二十六歲。先生聞蘇公軾爲時文宗，欲往遊其門未果。會蘇公自杭倅知密州，道經揚州，先生預作公筆語題於一寺中，公見之大驚。及晤孫莘老，出先生詩詞數百篇，讀之乃嘆曰：「向書壁者，必此郎也。」遂結神交。

熙寧八年乙卯（一〇七五）

二十七歲。先生撰徐成甫《行狀》，及《蔡氏哀辭》。

熙寧九年丙辰（一〇七六）

二十八歲。先生同孫莘老、參寥子訪漳南老人於歷陽之惠濟院，浴湯泉，遊龍洞，謁項羽祠。得詩三十首，《湯泉賦》一篇。

熙寧十年丁巳（一〇七七）

二十九歲。先生謁蘇公軾於彭城。贈蘇公詩，作孫莘老《寄老庵賦》，追作《遊湯泉記》。

元豐元年戊午（一〇七八）

三十歲。先生舉鄉貢報罷。退居高郵，作《掩關銘》《黄樓賦》《嘆二鶴賦》。

元豐二年己未（一〇七九）

三十一歲。先生作《五百羅漢記》。將如越省大父承議公及叔父定於會稽。會蘇公軾自徐州徙知湖州，遂與偕行，過無錫，遊惠山，與蘇公、參寥子作和唐人韻詩。又會於松江。至吴興泊西觀音院，同蘇公遍遊諸寺。别蘇公至德清，道中作詩還寄，遂如越。聞蘇公下詔獄，渡江至吴興閆訊。復過杭州。同參寥子月夜遊鳳凰嶺。謁辯才於觀音堂。作《龍井題名記》及《龍井記》。東遊鑒湖，謁禹廟，憩蓬萊閣，與領越州陳公辟相得甚歡。作《會稽唱和詩序》、《録寳林禪院事實》，作會稽懷古諸詞。歲暮還高郵，除夕抵家。

元豐三年庚申（一〇八〇）

三十二歲。鮮于侁公字子駿爲揚州守，先生爲作《揚州集序》。邵彦瞻爲揚州從事，先生爲作《集瑞圖序》。作書唁蘇公於黄州。公弟子由轍將赴高安，過高郵，先生相從兩日，送至邵伯埭，贈詩而還。子由留廣陵甚久，先生值寒食上冢不得從，已而和其廣陵諸詩。爲杭州法惠院作《雪齋記》。夏中暑，秋疾大劇，浹月始安。時黄魯直爲先生寫《龍井》《雪齋》兩記，先生寓書參寥子，寄錢塘僧勒石。冬得蘇黄州書。作《與李樂天簡》。

元豐四年辛酉(一〇八一)

三十三歲。先生叔父定自會稽得替,便道取疾入京改官。先生侍承議公還高郵。安厝亡嬸於揚州。與弟覿、覯習制科之文,秋應省試題名。答蘇黄州書。作《徐氏張夫人墓志銘》。西行赴京師。

元豐五年壬戌(一〇八二)

三十四歲。先生應禮部試罷歸。過南陽新亭有詩寄王子發。如黄州候蘇公作《吊鎛鐘文》。過廬山訪大覺璉公。南遊玉笥而歸。作《圓通禪師行狀》。大父承議公卒。

元豐六年癸亥(一〇八三)

三十五歲。先生輯《精騎集》,自爲序。代俞次臯作《御書手詔記》。作《李氏王夫人墓志銘》《曾子固哀詞》。

元豐七年甲子(一〇八四)

三十六歲。蘇公軾書薦先生於王荆公安石,荆公復蘇公書。先生以小像索得蘇公贊。自次詩文爲十卷,號《淮海閒居集》。

元豐八年乙丑(一〇八五)

三十七歲。先生登焦蹈榜進士第。作《謝及第啓》《送王岐公論薦士書》《上呂申公晦叔書》。先生慕馬少游之爲人，改字少游。陳無己師道爲作《字序》。除定海主簿，調蔡州教授，奉母夫人赴蔡州。作《書王氏齋壁》。蘇公召爲禮部郎中，先生啓賀。又作《謁先師文》《神宗皇帝晏駕功德疏》《虞氏夫人墓志銘》。

（明按：《書王氏齋壁》爲四十一歲作，當次於元祐四年。）

哲宗元祐元年丙寅（一〇八六）

三十八歲。先生在蔡州。作《太皇太后、皇太后上尊號受册》及《坤成節、興龍節賀表》。爲太守向公作《祀境内諸神文》。蘇公軾與鮮于公侁以賢良方正薦先生於朝。先生致鮮于公書。劉貢父攽赴京過汝南，先生作詩送之。作《汝水漲溢説》。作《王定國注論語序》《瀘州使君任公墓表》。

（明按：據錢大昕考，此年知蔡州事爲劉貢父，是歲即被召去。向宗回任郡守在元祐四年。爲作賀表及祀境内諸神文繫於此年非是。又薦賢良方正爲元祐二年事。）

元祐二年丁卯（一〇八七）

三十九歲。先生自汝南被召至京師，爲忌者所中，復引疾歸汝南。范公純仁薦先生堪備著述之科，檄至，先生作啓以謝。先生弟少章覿客京師，黄魯直以「寄寂」名其齋，贈以詩。先生亦作詩寄覿、覯二弟。作《鮮于子駿行狀》。爲高符仲書《王摩詰輞川圖後》。跋高無悔書卷。次韻太守向公《登樓眺望》。

（明按：據錢大昕考，元祐二年復制科，薦賢良方正爲此年事。自汝南召至京師引疾歸事在明年。跋高無悔書卷當爲元祐三年作。次向公詩當爲元祐四年事。）

元祐三年戊辰（一〇八八）

四十歲。先生被召至京師應制科，進策論，除宣教郎、太學博士、校正秘書省書籍。書《蘇裴秀才跋尾》，作《駕幸太學和館閣詩》《晚出左掖詩》。

（明按：據錢大昕考，此年少游被召入京，爲言者所齮齕，引疾而歸，不得與試。集中《與許州范相公書》載此事甚詳。又集中有詩，序云：「元祐三年余被召至京師，從翰林蘇先生過興國浴室院，始識汶師。後二年復來，閲諸公詩，因次韻。」詩云：「白髮道人還省記，前年引去病賢良。」可證至京師引疾歸實三年事。此時尚在蔡州，未入秘書省也。）

元祐四年己巳（一〇八九）

四十一歲。先生在京師，由博學遷正字。表進《南郊慶成詩》。作《南郊祭告上清儲祥宫詩》。代向宗回作《敕書奬諭記》。書《晉賢圖後》。

（明按：此年少游仍在蔡州，更無遷正字事。詩、表亦非本年作，説見下。）

元祐五年庚午（一〇九〇）

四十二歲。先生在京師。作《春日呈錢尚書户部詩》，先生和詩餉米再爲詩以謝。先生子處度湛在都下應秋試。先生有《獨坐興國浴室院詩》。又作《龍圖閣直學士李公擇行狀》《建隆慶禪師塔銘》。

（明按：據錢大昕考，范純仁元祐四年六月罷相出知許州，薦少游充館職。少游次年入京，有秘書省校對黄本書籍之命。是此年始入京供職。呈錢尚書詩云：「三年京國鬢如絲」，則爲元祐七年作，和詩同。繫於此年非是。）

元祐六年辛未（一〇九一）

四十三歲。先生在京師。弟少章登馬涓榜進士第。調仁和主簿。先生作詩送之。又寄少儀弟詩。

（明按：此年七月遷正字，八月劾罷。依舊校對黄本書籍。事載《續資治通鑑長編》。譜載此事於元祐四年，且不言復罷爲校書，誤甚。）

元祐七年壬申（一〇九二）

四十四歲。先生作《西池宴集詩》《金明池詞》《李常寧暨秦夫人合葬墓志銘》《送馮梓州序》《録壯愍劉公遺事》。

元祐八年癸酉（一〇九三）

四十五歲。先生在京師由正字遷國史院編修官。有《辭史官表》《謝館職啓》。作《元日立春絶句》《次韻東坡上元扈從絶句》《太皇太后挽詞》《宣德郎葛舉墓志銘》。（明按：此年少游復由校對黄本書籍除爲正字。未幾供史職。《續資治通鑑長編》元祐八年五月載：「乙丑，左宣德郎秘書省校對黄本秦觀爲正字」。）

紹聖元年甲戌（一〇九四）

四十六歲。先生坐黨籍改館閣校勘，出爲杭州通判。至汴上作絶句。至陳留客舍作《艇齋詩》。又坐御史劉拯言先生增損《實録》，道貶監處州酒税。到處州有《題務中壁詩》。

紹聖二年乙亥（一〇九五）

四十七歲。先生在處州。釋山下隱士毛氏故居有文英閣，先生嘗寓此賦詩。又有《遊水南庵詩》。又遊府治南園，作《千秋歲》詞。後范成大愛其「花影鶯聲」之句，即其地建鶯花亭。

紹聖三年丙子（一〇九六）

四十八歲。先生在處州。既罷職，修懺法海寺有題壁詩。坐謁告寫佛書，削秩徙郴州。將赴湖南，遣祭洞庭湖神，作《祭洞庭湖神文》。至郴陽道中題古寺壁二絶句。歲暮抵郴州。

紹聖四年丁丑（一〇九七）

四十九歲。先生在郴州。作《法帖通解》《阮郎歸》《踏莎行》詞。奉詔編管横州，作《冬蚊詩》。

元符元年戊寅（一〇九八）

五十歲。先生自郴州赴横州。作《反初詩》。至横州寓浮槎館。城西有海棠橋，橋南北皆海棠，書生祝姓者居之，先生嘗醉宿其家，明日作《醉鄉春》詞題柱。此詞刻州志。作《寧浦書事》六言詩。

元符二年己卯（一〇九九）

五十一歲。先生自横州徙雷州，蘇公尚在瓊州。先生復得與蘇公通問，作《雷陽書事》《海康書事》詩。

元符三年庚辰（一一〇〇）

五十二歲。先生在雷州。自作輓詞，自序曰：「昔鮑照、陶潛皆自作哀詞，其詞哀，讀余此章，乃知前作之未哀也。」五月下赦令，遷臣多内徙。蘇公量移廉州，與先生相會於海康。先生出輓詞呈蘇公，相與嘯詠而别。初，先生謁蘇公彭門詩有云：「更約後期遊汗漫」，蓋讖於此。先生被命復宣德郎放還。作《和歸去來兮辭》。遂以七月啓行而歸。踰月至藤州，因醉卧光化亭，忽索水飲，家人以一盂注水進，先生笑視之而卒。實八月十二日也。先是，先生嘗於夢中作《好事近》詞云：「醉卧古藤陰下，了不知南北。」人亦以爲詞讖。處度自旅次來奔，扶櫬北還。

徽宗建中靖國元年辛巳（一一〇一）

處度奉先生靈櫬停殯於潭州。

崇寧元年壬午（一一〇二）

詔立黨人碑於端禮門。先生與焉。

崇寧二年癸未（一一〇三）

詔州縣立黨人碑，黨人子弟毋得至闕下。毁秦觀等文集。

崇寧四年乙酉（一一〇五）

詔除黨人父兄子弟之禁。於是處度奉先生喪歸葬於廣陵。

崇寧五年丙戌（一一〇六）

詔毁黨人碑。

政和元年辛卯至七年丁酉（一一一一—一一一七）

處度通判常州。遷葬先生於無錫惠山西三里之璨山。

高宗建炎四年庚戌（一一三〇）

詔追贈先生直龍圖閣。

以上《年譜節要》，録自王敬之刊本《淮海集》卷首。據稱秦瀛爲譜主二十八代孫。因乃家乘，原文一仍其舊。間有舛誤處，錢辛楣氏已有考訂，今以按語揭出，以供參考。